集英社オレンジ文庫

サヨナラまでの30分

side:颯太

東堂　燦
原作／ 30-minute cassettes and Satomi Oshima

CONTENTS

Our 30-Minute Sessions

サヨナラまでの30分

side：颯太

1. 廃墟プールとカセットテープ

美しいメロディが浮かんだとき、生きている、という実感があった。

たった一人きりで音楽の世界に没頭している間だけ、生きづらさが薄まって、呼吸が楽になる気がした。

けれども、それを仕事にできるなんて思わないし、そうしたいと思ったこともない。

だから、たくさんの大学生と同じように就職活動を始めた。内定が貰《もら》えるなら、どんな企業でも良かった。

たぶん、普通の人間になりたかった。普通に働いて、普通に過ごすことができたら、ぜんぶ上手《うま》くいくと思った。どうしようもない息苦しさも、惨《みじ》めな気持ちも、きっと消えてくれる。

音楽なら、一人で作って、一人で楽しんでいれば良い。

——あの日、彼に出逢《であ》うまで、そう信じていた。

閉め切られた面接会場は、冷房が効きすぎて寒いくらいだった。

リクルートスーツのジャケットを羽織《はお》って、汗だくで自転車を漕《こ》いできたことが嘘のようだ。

「個人で面白い記事を作って紹介するメディアを立ち上げてまして、今は閲覧数《えつらんすう》８６００ｖｉｅｗ、ツイッターのフォロワーは５８３０人」

窪田颯太《くぼたそうた》は、隣の学生の自己アピールを聞きながら、自分の順番を待っていた。集団面接となると、興味もない他人の話を聞かなくてはならない。何度経験しても、無駄な時間としか思えなかった。

「それはすごいですね。じゃ、次の方」

「信成《しんせい》大学四年、窪田颯太です」

颯太が立ちあがると、面接官は慣れた様子で机上《きじょう》の資料を確認した。

「じゃあ、窪田さん。大学時代、印象に残っている友人との思い出を教えてください」

「友人は、いません」

一瞬、面接官どころか会場全体の空気が固まった。左右にいる学生の視線が突き刺さるが、怯《ひる》むことなく前を見た。

「一人も?」

恐る恐ると言った様子で、面接官が質問してくる。

「はい。あえて友人を作らないことで、他人との無駄な付き合いにペースを乱されず、仕事に集中できる自信があります」

四人も座っている面接官たちが、苦笑いで顔を見合わせた。

「あー、そうですか。はい、ありがとうございます。では、お座りください。じゃあ、次

「……」

あまりの短さに、颯太は口を開こうとした。しかし、着席しない颯太に向けられたのは、さきほどの苦笑いだった。

「大丈夫です、お座りください。次の方」

颯太は仕方なしに座って、次の学生の話を右から左に聞き流す。

誰も彼も似たようなことばかり口にしている。就職活動に臨《のぞ》む学生というのは、たいてい同じような企業ウケすることしか言わない。

会場を出ると、すでに面接を終えた学生たちがスマホを出していた。トークアプリのIDでも交換しているのだろう。

「あっ、さっきの！　よかったらグループ入んない？」

一緒に面接を受けていた男子学生が、帰ろうとする颯太に気づく。

「大丈夫です。受かるか分からない人たちで意見交換しても意味ないと思うので」

見向きもせず、颯太はエレベーターに向かった。背後から陰口が聞こえてきたが、気づかない振りをした。

スマホを確認すると、いくつか新しいメールが届いている。

受信ボックスには、今まで採用試験を受けた企業からのメールが並んでいた。新しく開いたメッセージには、ここ数か月で見慣れた定型文があった。

『末筆ながら、貴殿のご活躍をお祈り申し上げます』

不採用。颯太はスマホを仕舞って、帰り道を急いだ。

帰宅してから、真っ先に着替えた。地味なポロシャツに、締めつけの緩《ゆる》いズボンを穿《は》くと、ようやく肩の力を抜くことができた。

使い古した鞄《かばん》にノートパソコンやヘッドフォンを詰めて、自転車に跨《また》がる。

車通りのない道路には、街路樹の葉が揺れる音だけが響く。力なくペダルを漕《こ》ぎながら、颯太は唇を引き結んだ。

リクルートスーツを脱いだのに、どうしても気持ちが就職活動に引きずられる。

スマホのメールフォルダには、不採用通知ばかり溜まっていく。一社も内定が出ないいま、気づけば夏になる。

めぼしい企業の採用試験も、そろそろ少なくなってきた。このままでは、どこからも内定を貰うことができず、就職浪人になるかもしれない。

嫌なことを振り切るよう、颯太は自転車のスピードをあげた。

やがて、いまは廃墟となったプールが見えてくる。

閉鎖されて久しい屋外プールは、子どもの頃から通い慣れた場所だった。一人になりたくて、時折、この場所まで来てしまう。

「ん？」

寂れたフェンスを潜《くぐ》ろうとしたとき、颯太は何か落ちていることに気づく。

最初は何か分からなかった。それは、むかし父親が持っているのを見たことがあるくらいで、実際に使ったことはない。

――カセットテープのプレーヤーだ。

持ち歩き用の小さなもので、空《から》っぽではなく、中にテープが入っている。

そのまま見なかったことにしても良かった。しかし、どうしてか、テープの中身が気になってしまった。

颯太はカセットプレーヤーを拾って、水の抜かれたプールのベンチに座った。

鞄からノートパソコンを出す。いつものようにヘッドフォン、ピアノの鍵盤《けんばん》の形をしたMIDIコントローラーを接続して、作曲ソフトを起動させた。

鍵盤を叩きながら、新しい曲を組み立てていく。

今日に限って、なかなか集中することができない。つい、先ほど拾ったカセットプレーヤーに視線を遣《や》ってしまう。

仕方なしに、颯太はカセットプレーヤーを手に取った。開いてみれば、中には比較的新しいカセットテープがあった。

「ECHOLL《エコール》」

タイトル欄《らん》には、手書きで『ECHOLL《エコール》』とある。

何気なく再生ボタンを押せば、カセットテープが回り始めた。ノイズ音がする。サー、サー、と鳴る音に、不思議と胸がざわめく。

次の瞬間のことだった。

「え？」

颯太の口から、出したつもりのない声が洩《も》れた。

そのまま、颯太は身体《からだ》を動かす。どこか怪我《けが》をしていないか確かめるように、胴体や手足をぺたぺた触っている。

そんな自分の姿を、颯太は外側から見ていた。

おかしい。まるで颯太の意識だけ身体から弾かれてしまったようだ。颯太の知らない誰かが、颯太の身体を動かしている。

「やべっ!!」

普段の颯太からは信じられない大声だった。

颯太の身体にいる誰かは、カセットプレーヤーを雑にポケットに突っ込む。そうして、廃墟プールを飛び出してしまった。

残された颯太は、呆然《ぼうぜん》としたまま動けない。

「……なんだ、今の」

いま、ここに颯太はいるのに、颯太の姿をした誰かが走っていった。

白昼夢《はくちゅうむ》でも見たのだろうか。

気を取り直して、颯太はベンチに置いたままのパソコンに手を伸ばす。しかし、キーボードに触れたはずの指先には、一切の感覚がなかった。

自分の指が青白く輝いた。火花のように点滅する光のせいか、颯太の指は幽霊のように透けていた。

「え？」

もう一度パソコンに手を伸ばしても、結果は変わらない。

訳が分からなかった。けれども、このまま呆然としていたら、取り返しのつかないことになる気がした。

はっとして、颯太の身体を使っている誰かを追いかける。

あたりを見渡しながら走っていると、やがて女鳥羽川《めとばがわ》沿い、縄手《なわて》通りの付近まで出ることになった。小さな店の連なった通りから、わずかに道を外れると、とある店の前に自分の姿があった。

古本屋『栞屋《しおりや》』。

看板の前には、もうひとつ人影がある。

黒髪の女だ。見た目は二十歳《はたち》を越えたばかりといったところで、颯太と同い年くらいだろう。腕に提げた八百屋《やおや》の袋には、何故か玉ねぎだけ大量に詰められていた。

颯太の知り合いではない。けれども、颯太の身体にいる誰かにとっては違うらしい。

「カナ」

愛《いと》しそうに、見知らぬ女の名を呼ぶ。たしかに颯太の声なのに、まったく別人のものに聞こえた。

「リハ行けなくてごめん！　……あれ？　俺、声おかしくね？」

「誰」

カナは怪訝《けげん》そうな顔をして、冷たく言い放った。

「……もーうっ！　まだ怒ってんの？」

颯太の姿をした誰かは、八百屋の袋ごとカナを抱きしめる。

「はいはい、ごめんねー」

「ちょっととっ！」

その遣《や》り取《と》りに、颯太はぎょっとする。

颯太の姿をした誰かが、若い女性に抱きついている。力まかせに抱きしめる姿は一方的で、カナは嫌そうに抵抗していた。

どう見ても痴漢《ちかん》だった。やばい、犯罪だ。訴えられたら勝てない。

理解できない光景に青ざめて、頭が真っ白になったとき、耳元でサーッ、サーッというノイズ音がした。

聞き覚えのあるノイズは、廃墟プールでカセットテープを再生したときと同じだ。

ガチャ、というテープが回り切った音がして、颯太の視界がぐるりと反転する。

身体ごと無理やり引っ張られるような感覚のあと、気づけば、颯太の腕のなかにはカナがいた。

近くで見ると、少しあどけなさの残る、可愛《かわい》らしい顔立ちをしている。ただ、その瞳は力強く、こちらを拒否するような剝《む》き出しの鋭さがあった。

華奢《きやしや》な身体、綺麗《きれい》な黒髪、何もかも自分と違う生き物で、心臓が早鐘を打った。

「ちょっと！　はなしてっ！」

思わず見惚《みほ》れていた颯太は、腕のなかで暴れるカナに突き飛ばされた。

「何してんだよ、お前！」

混乱する颯太に向かって、若い男が駆け寄ってきた。ひどく怒った表情だ。顔立ちが整っているので、余計、迫力があった。

こちらも、颯太と同年代だろう。着ている服はラフで、どこにでもいる若者のような恰《かっ》好《こう》なのに、はっと惹《ひ》きつけられる雰囲気《ふんいき》がある。

一目で、絶対に関わりたくないタイプの男だと分かった。きっと、颯太みたいな日陰者とは一生縁のない人間だ。

「カナ、こいつなん……」

責めるように、男はカナを問い詰める。しかし、その声を無視して、カナは古本屋に引っ込んだ。

「え、カナ？　おいっ」

男が店のガラス戸を叩こうとするが、その手はすり抜けてしまう。

廃墟プールで、颯太がパソコンを拾おうとしたときのように。

颯太は我に返って、あたりを見渡す。ポケットに入れっぱなしにしていた自転車の鍵《かぎ》が、いつのまにか地面に落ちていた。

「持てた」

手を伸ばせば、確かに鍵を拾うことができた。さきほどまでの出来事が嘘のように、颯太は自分の意志で自分の身体を動かすことができる。

ほっとした途端、急に不安に襲われた。

また訳の分からない事態になる前に、この場から逃げてしまいたい。古本屋のガラス戸を叩こうとする男に背を向けて、颯太は通りを引き返した。

立ち並ぶ店のショーウィンドウには、確かに颯太自身の姿が映っている。そのことに安心して、颯太はさらに足を速める。

「おい、待てって！」

後ろから声がする。振り向くことなく、ぜんぶ幻聴だと切り捨てる。

しかし、追いかけてきた男が隣に並んだところで、無視することができなくなった。

「何でついてくるんですか？」

自分でも驚くほど強張《こわば》った声だった。これ以上、この男や意味の分からない現象と関わりたくなかった。

「お前カナのなんなの？　俺が抱きしめたら、お前が抱きしめてて。え、こわっ、どゆこと？」

颯太は立ち止まって、男の言葉を噛《か》みしめる。

知らないはずの女性、カナの体温がよみがえった。彼女を抱きしめたのは颯太ではなかった。しかし、気づいたら、彼女は颯太の腕のなかにいた。

「そうだ」

颯太はポケットから、カセットプレーヤーを取り出した。

奇妙な出来事のきっかけは、廃墟プールで拾ったこのカセットプレーヤーだった。

ボタンを押して、中のテープを再生したとき、颯太の身体は乗っ取られた。乗っ取ったのは、きっと今もしきりに話しかけてくる男だ。

「これを再生させてから」

「は？　それ、俺の？　なんでお前それ持って」

ほとんど反射的に、颯太は再生ボタンを押した。

ノイズ音がした直後、意識が無理やり身体から剝《は》がされて、視界が切り替わる。

「え」

声をあげたのは、どちらだったか。

颯太と男は、互いを見つめ合う。

あり得ない。ドッペルゲンガーを見ているかのようだ。

「え？　……僕？」

震えながら、颯太は指を差した。目の前にいる、颯太の姿をした誰かを。

ここに確かに颯太は存在している。それなのに、自分と同じ姿をした誰かが、真正面で間抜けな顔をしている。

「俺？」

颯太の身体が、颯太の意思ではなく勝手に動いた。自らを指差し、それからショーウィンドウに映る颯太の姿をまじまじと確認する。

「まじか」

颯太はショーウィンドウを覗《のぞ》き込む。本来であれば、二人の颯太が映りこむはずだ。けれども、そこに自分の姿はない。ショーウィンドウのガラスに映っているのは、いま颯太の身体を動かしている誰かだけだった。

まるで、颯太の中身だけ、見知らぬ誰かと入れ替わったように。

2. そうして、彼は再生される

信成《しんせい》大学にある小さな講義室は、学生でいっぱいだった。

黒板にはびっしりと文字が書かれて、その前で教授が熱弁を振るっている。

他の学生に隠れて、こっそりスマホを取り出す。ニュースサイトのバックナンバーを漁《あさ》りながら、颯太《そうた》は心のなかで溜息をついた。

『若手ミュージシャン、事故死』

強烈な見出しは一年前のものだ。画面をタップし、なかの記事を展開する。

『松本《まつもと》出身の五人組ロックバンド「ECHOLL《エコール》」のボーカル・宮田《みやた》アキさん（二十二）、搬送先の病院で死亡を確認』

何回見ても、死亡の文字は変わらない。

事故が起きたのは激しい雨の降る日だったそうだ。悪天候でスリップした車に突っ込まれて、あの廃墟プールの近くで亡くなっている。

もしかしたら、直前まで、颯太がカセットテープを拾った廃墟にいたのかもしれない。

「俺、死んでんだけど！」

隣にいる幽霊のような男――宮田アキが、颯太の横にいたカップルに話しかける。あまりの声の大きさに、さすがロックバンドのボーカル、と変に感心してしまった。

しかし、アキの声が聞こえていないのか、カップルは反応しない。他の学生も同じで、何事もなかったかのように講義を受けていた。

「ねえ！」

アキは痺《しび》れを切らしたのか、今度は颯太に声をかけてきた。話しかけてくるアキが鬱陶《うっとう》しく、振り払うようにノートをかざした。

横にいたカップルたちが、気まずそうに顔を見合わせた。明らかにヤバイものを見たという表情をしている。

やはり、颯太にしかアキの姿は認識できないのだ。

「つまり、こういうことだろ？　一年前に俺が死んで、こないだお前があのカセットテープを再生させた。そしたら、俺が、お前になった」

「……ストレスだな」

就職活動のストレスで、ありもしない幻覚に悩まされている。そうに違いない。

「で、テープが止まるとお前の身体《からだ》から抜け出て……俺、幽霊？」

廃墟プールで拾ったカセットプレーヤー。

あれに入っていたテープを再生している間だけ、颯太の意識は身体から追い出される。

代わりに、宮田アキの幽霊が、颯太の身体を乗っ取り、好き勝手に動かしていた。

テープの再生が終われば元に戻るので、再生時間＝颯太とアキが入れ替わる時間だ。

そこまで考えたところで、颯太は立ちあがった。

そもそも颯太は幽霊を信じない。百歩譲《ゆず》って幽霊がいたとしても、就活生にはそんなものに構っている時間はなかった。

颯太は鞄《かばん》を引っかけて、講義中にもかかわらず外に出た。アキから逃げるように、そのまま大学の就職センターに向かう。

就職活動用に作ったメールアドレスには、次々と不採用を告げるメールが届いていた。

周りの学生が続々と内定を貰《もら》うなか、颯太はいまだ一社からも内定を貰うことができずにいる。就職センターにある企業の情報も、リクルートサイトに登録された採用試験の案内も、少しずつ数が減っていた。

いまの時代、どこに就職しても変わらない。そう思っているのに、どの企業からも選んでもらうことができなかった。

「でも、生きてるよね？　ほら」

足早に就職センターに入ろうとしたとき、背後から声がした。

講義室からずっと颯太を付け回していたアキは、一向に離れる気配がなかった。このままでは、就職センターの中にまで付き纏《まと》ってくるだろう。

咄嗟《とっさ》に、颯太は方向転換する。これ以上、アキに付き合っている余裕はない。しかし、そんな颯太の気持ちなど知らず、アキは正面に回り込んできた。

「ね？　ね？　死んだのに生きてるよね？　ねえ、なんで？　ねえ」

ねえ、なんで、小さな子どもが駄々を捏《こ》ねるような言葉に、堪忍袋の緒が切れる。

「知るわけないでしょ！　何で僕に聞くんですか!?」

「どこでもいいんです」

颯太が叫んだ直後、就職センターの中から淡々とした女の声がした。颯太を質問攻めしていたアキが、ふとセンターの中を見つめる。

受付にいたのは、見覚えのある女性だった。

「カナ」

その名前に、颯太は思い出す。

はじめて入れ替わったとき、アキが颯太の身体を使って抱きしめた女性だ。同じ大学の学生だったらしい。就職活動をしているのなら、おそらく学年も同じだ。

「余計なお世話かもしれないけど……バンドはもういいの？」

就職センターの職員が、カナに質問する。

「もう解散したので」

「は？　解散？」

アキは戸惑ったように、受付にいるカナを睨《にら》んだ。

カナには、アキの声も聞こえず、姿も見えていないようだ。さきほど講義室にいた学生たちと同じだ。

彼女は、無理しているかのように一生懸命明るい表情をつくった。

「どこでもいいので、とにかく忙しいところに就職したいんです。体力には自信あって」

カナは職員に頭を下げて、就職センターを後にした。

立ち尽くしていたアキが、その後を追いかける。

その背中を、颯太は黙って見送ることしかできなかった。

不思議なほど軽い身体で、宮田アキは信成大学のキャンパスを走った。

(『ECHOLL』が、解散した?)

アキの頭を占《し》めていたのは、カナの発言だ。彼女はバンドを辞めて、就職活動をしているようだった。つい一年前まで、一緒のバンドで夢を見ていた女の子の言葉が信じられなかった。

「解散ってなんだよっ? カナっ!」

キャンパスに溢《あふ》れかえった学生たちの間を縫《ぬ》うようにして、アキはがむしゃらにカナの背中を追った。

「おいっ、カナ！」

ようやく追いついて、アキは手を伸ばす。しかし、カナの肩に触れようとした手は、すり抜けてしまった。

まるで自分が透明な幽霊になってしまったかのように。

「カナ!!」

触れることができないのなら、とアキは声を張りあげた。だが、カナが振り返ってくれることはなかった。

雑踏にまぎれて、彼女の姿が見えなくなった。置き去りにされたアキは、呆然《ぼうぜん》と立ち尽くす。

「俺のこと見える人、聞こえる人!?　はいっ！」

勢いよく手を挙げる。だが、誰も応えてくれなかった。アキのことなど見向きもせず、当たり前のように通り過ぎていく。

『若手ミュージシャン、事故死』

講義室で見た、ネット記事の見出しがよみがえる。

『松本出身の五人組ロックバンド「ECHOLL」のボーカル・宮田アキさん（二十二）、搬送先の病院で死亡を確認』

一年前、宮田アキは死んだのだ。アキに自覚がなくとも、アキはもう生きていない。だから、幽霊のようになって、カナや周囲の人間に気づいてもらえない。

「ここ、地獄？」

アキは顔をぐしゃぐしゃにして、力なくつぶやいた。

♪　♪　♪　♪　♪　♪

就職試験の会場には、リクルートスーツを着た学生たちが詰めている。

薄暗い廊下《ろうか》の椅子《いす》で、颯太は面接の順番を待った。息が詰まるような空気に、思わず顔をしかめてしまう。

頭のなかでは、昨日、父と交わした会話が流れている。

大学から帰って、父と夕食をとっていたときだ。二人とも口数が多い方ではないので、いつもなら食卓は静かなものだったが、昨日は違った。

何か言いたげにしていた父は、おもむろに口を開いた。

『……就職どうだ』

『別に』

『お父さんの会社の上の人に相談してみよ……』

『大丈夫だから』

父の厚意を遮《さえぎ》るように、大丈夫、と言ったのは、いまだに内定がない焦りと、子ども染みた意地からだった。

颯太の家は父子家庭だ。子どもの頃に母が亡くなり、兄妹もいない颯太にとって、父はたった一人きりの家族である。男手ひとつで息子を育てることは大変だっただろうし、負担をかけてきた自覚もある。

これ以上、父に心配をかけたくなかった。どの企業でも構わないから、はやく内定がほしかった。

「みーつけた！」

張り詰めていた心の糸が、一瞬、切れそうだった。聞き覚えのある声は、できることなら二度と会いたくない幽霊の声だ。

宮田アキ。一年前に死んだバンドマン。

咄嗟に、颯太は声がした方向から顔を背けた。

「いやいや、見えてるっしょ、思いっきり！」

幽霊が何か言っているが、幽霊は見えないもので、声も聞こえない。すべて就職活動からくるストレスだ。帰ったら、よく寝た方が良いかもしれない。

「いいなぁ、人と話せるって」

役者のように大げさな身振りで、アキはしみじみと言う。颯太は聞こえない、聞こえない、と頭のなかで自分に言い聞かせた。

「お前だけなんだよ、俺が見えてんの！　ちょっと身体貸して！」

「は？」

思わず、声が洩《も》れてしまった。この幽霊、いまなんと言った。

「だから！　話したい人がいるから、再生してって言ってんの、あのテープ」

テープ。廃墟で拾った、カセットプレーヤーの中身だろう。

思えば、あれが厄介事《やっかいごと》の始まりだった。興味本位で拾ったテープを再生しなければ、謎の幽霊に煩《わずら》わされることもなかった。

「もう黙ってください！」

「はあ？　ちょっとぐらい、いいだろ！」

「僕には関係ないです。他人ですし、時間の無駄です」

颯太は小声で、アキにしか聞こえないよう囁《ささや》く。

ちょうどそのとき、面接室の扉が開いた。前の面接グループだった学生たちが、ぞろぞろ出てくる。颯太は落ちつかない様子で、彼らの顔を盗み見た。

皆、自信のある表情をしていた。きっと、満足いく自己アピールができたのだ。口下手《くちべた》で、人付き合いが苦手な颯太より、よほど。

「……苦手なんだ？　面接」

颯太は押し黙った。きっと、いまの自分はとても情けない顔をしている。

「俺トークには自信あるから、やらせてみてよ。試しに」

アキは自信満々に胸を張る。

『末筆ながら、貴殿のご活躍をお祈り申し上げます』

山ほど貰《もら》ったお祈りメールの文言がよみがえる。また以前と同じように面接に臨《のぞ》んだところで、今度こそ上手《うま》くできるという自信がなかった。

就職試験に落ちて、何度目か分からないメールを貰うのか。昨日のように、また父に心配をかけるのか。

「落ちて、またエントリーシート書くの？　それって、スッゲー、『時間の無駄』じゃね？」

何回、何十回と書いた、同じようなエントリーシート。いくつもの会社を片《かた》っ端《ぱし》から受けているのだから、志望動機なんて、いちいち考えていられない。

受かるかも分からないことに気力と体力を費《つい》やして、未来への不安と焦りばかりが募《つの》っていく。本当に時間の無駄だった。

「お入りください」

面接官から声がかかる。颯太たちのグループの番だった。

颯太はためらうように目を伏せて、それからバッグを開いた。

中には、気がかりで、ずっと持ち歩いていたカセットプレーヤーがある。震える指で、颯太は再生ボタンを押した。

視界が切り替わって、颯太の意識は身体から弾かれた。

颯太は、面接室に入っていく自分の姿を見送った。

青白い光が身体に纏《まと》わりついていることに気づく。さきほどまでのアキがそうであったように、今度は颯太が幽霊のようだった。

面接室の扉は閉め切られて、中の様子は見えない。

ただ、外にまで響くほどの爆笑が聞こえてきた。誰の発言によるものなのか、扉の向こうのことは分からなかった。

分からないはずなのに、颯太には妙な確信があった。

きっと、颯太の身体を借りたアキの仕業《しわざ》だろう。


大学のカフェテリアには学生がごった返していた。隅っこの席で縮こまるように、颯太は独りきりで昼食をとる。

「勝手に交換して……」

颯太のトークアプリには見覚えのないグループができていた。

先日、採用面接の際にアキと入れ替わったとき、彼が勝手にライバルの学生たちとＩＤ交換していたのだ。颯太だったら絶対に交換しない。

受かるか分からない人たちで意見交換して、一体何の意味があるのだろう。

颯太はスマホをタップして、グループから退室した。繋《つな》がってしまった見知らぬアカウントもブロックしてしまう。

「じゃ、よろしくな！」

向かいの席を陣取って、アキが調子よく笑った。

あいかわらず、アキは颯太に付き纏っていた。恐ろしいほどのしつこさで話しかけてくるので、いい加減、無視を続けるのも限界だった。

颯太は溜息をついて、バッグからカセットプレーヤーを取り出した。

「あなたはこれに触れられない。つまり、僕が二度とこのテープを再生させなければ、あなたに身体を乗っ取られることはない」

「まあ、そうね」

アキはうんうんと頷《うなず》く。いかにも軽そうな仕草だった。

「ご愁傷《しゅうしょう》さまでした。成仏《じょうぶつ》してください」

要は、カセットテープを再生させなければ良いのだ。そうすれば、幽霊に煩わされることなく、颯太は今までどおり過ごすことができる。

「はあ!? 話、違くね!?」

アキが叫んだ直後、スマホにメールの通知が入った。

『二次面接のお報せ』

表題を目にした瞬間、颯太は弾かれたように顔をあげる。

「! 通った……」

エントリーシートや履歴書《りれきしょ》は通っても、いつも面接で落とされてきた。「お祈りメール」以外が届くのは、今日がはじめてのことだった。

「よかったな」

「別に」

したたり顔のアキが面白くなくて、颯太はなんてことないように返事をする。

「は？　あの会社入りたいんだろ」

「いまの時代、どこに入っても同じです」

「なんだよそれ。やりたいことはないわけ？」

「ないですね。どこかに就職決まればそれで」

どこかに勤めることができれば、父に心配をかけることもない。そのどこかは、本当にどこでも構わなかった。

「……ま、そんなに就職したいなら、協力してやらないこともないけど？」

まるで悪魔の囁きだった。

どんなに受けても通らなかった面接が、アキと入れ替わっただけで、こんなにも簡単に通ってしまった。

今回限りの偶然か。偶然ならば、どうして颯太はあんなにも多くの面接で落とされてきたのか。

中身がアキだから面接も通った。アキでなければ、この先も颯太は採用試験に落ち続けるのかもしれない。

「あ、返事はいつでもいいよ。俺、このまま一生ずーっとそばにいるから」

「……え？　一生？」

一生なんて、あまりにもスケールが大きく図々《ずうずう》しい。冗談かと思えば、アキは本気のようで、にんまりと笑う。

彼の中では、颯太の身体《からだ》を借りることは決定事項なのだ。

「言っとくけど、俺、ポジティブだよ。どうする？」

颯太は黙って、カセットプレーヤーを見つめた。

テープの再生時間は三十分。

アキと入れ替わることのできる時間は、たったそれだけの短い時間でしかない。

だが、颯太にとっては、ひどく魅力的な三十分だった。それだけあれば、就職試験を乗り切ることはできる。

もう一度プレーヤーを見たとき、答えはもう決まっていた。

3. ECHOLLの残骸

その日、颯太たちは松本市《まつもと》の中心部まで出ていた。

観光客も多い縄手《なわて》通りや中町《なかまち》通りから少しだけ外れた場所に、目当ての通りはあった。綺麗《きれい》に石畳《いしだたみ》が敷かれており、両側に小さな店が立ち並んでいる。

古本屋『栞屋《しおりや》』も、通りにある店のひとつだった。

栞屋の前には、ガラス戸で髪形をチェックする颯太《そうた》――アキがいた。

すでに入れ替わりを済ませていた颯太は、そんな自分の姿を外側から眺めていた。中身はアキなので当然だが、普段の自分とまったく印象が異なる。

颯太なら、こんな風に洋服を着崩したりしない。髪を掻《か》きあげると遮《さえぎ》るものがなくなって恥ずかしいから、重たい前髪はいつも下ろしたままだ。

颯太の姿をしているが、そこにいるのは全《まった》くの別人だった。

ふと、アキが顔をあげる。

栞屋から出てきたのはカナだった。これからジョギングにでも行くのか、足下はスニーカーで、大学で見かけたときよりラフな格好をしている。

「おはよ！」

まったく物怖《ものお》じせず、アキは明るく挨拶《あいさつ》した。

カナは明らかに不審なモノをみる顔をしていた。いまのアキは、颯太の身体を借りているので当然だった。

彼女は何も見なかった振りをして、無言で走り出した。追いかけるアキは、あっという間に隣に並んでしまう。

「朝、弱くなかったたっけ？」

カナはしかめっ面《つら》でスピードをあげた。アキは無視されたことなど気にもせず、カナと並走している。

「ね、びっくりするかもしれないけど、言っていい？　……俺、アキ」

とっておきの秘密を告白するように、アキは笑う。その声が聞こえているだろうに、カナは無視を続ける。

颯太には、アキの行動が理解できなかった。いくら主張したところで、誰が信じるというのだろう。颯太の母がそうであったように、死んだ人間が生き返ることはない。

宮田《みやた》アキは死んだ。颯太の身体を借りたところで、その事実は覆《くつがえ》らない。

「アキだよ、アキ！」

あまりのしつこさに参ったのか、カナは足を止めた。

「バンド解散ってなんだよ。フェスに出る約束は？　ねえ、ねえ」

アキは文句を言いながら、カナの身体を指で突く。カナはその手を振り払って、アキを睨《にら》みつけた。

「あいつのファンなの？」

「あいつ？」

「めんどくさ」

ぼそぼそとつぶやいて、カナは走り去っていく。アキはもう一度追いかけるが、今度はどんどん距離を離されてしまった。

「カナ」

颯太の耳に、ガチャ、というカセットテープが回りきった音がした。

瞬間、颯太は激しい動悸《どうき》に襲われる。

「はあっ、人の身体っ、乱暴に使わないでください」

急に自分の身体に戻されて、颯太は息を切らした。運動なんてほとんどしないのに、無理やり走らされたせいだ。

「次行くぞ！」

カナに拒絶されたばかりなのに、アキはそんなことを言って走り出した。行きかう人々の合間を縫《ぬ》っていくアキを、颯太は渋々追いかける。

どこに行くのかと思えば、今度は古本屋からほど近いカフェだった。

看板には『やまびこカフェ』とある。

厨房《ちゆうぼう》を囲うカウンター席に、テーブル席がいくつか。縦長の間取りをしたカフェは、席数は多くなく、知る人ぞ知るという雰囲気《ふんいき》があった。

メニューを見るに、ベトナム料理が売りらしい。颯太は、『バインミー』というベトナム料理がサンドイッチのようなものだ、と初めて知った。

「あー、いたいた！」

店の外から、アキと颯太はカフェを覗《のぞ》き込む。

店内にいたのは、キッチンでバインミーを作る男と、正面のテーブル席で飲み物を引っかけている男二人。三人は知り合いなのか、時折、会話している姿が見えた。

アキの様子から察するに、アキの組んでいたバンドのメンバーだろう。

「確認ですけど、就職決まるまでですからね」

アキに身体を貸すのは、就職活動を成功させるためだ。その対価として、身体を貸す。それ以上は付き合っていられない。

「分かってるよ」

「あと、僕の身体でアキだとか言っても誰も信じないと思いますよ」

「わーかってるって！　再生！」

颯太はカセットプレーヤーを取り出して、再生ボタンを押す。一瞬にして、颯太の意識は身体から弾かれた。

「んじゃ、行ってきまーす」

颯太の身体に入ったアキは、前髪をかきあげると、店内に飛びこんでいく。その背中を眺めていた颯太は、ふと店の景色が揺れるのを感じた。


店内の光景が塗りつぶされる。

時間が巻き戻ったような、映像を逆再生したような、そんな感覚だった。


いつのまにか、仲の良さそうな若者たちが、楽しげに過ごしていた。カナと、さっきまで店内にいた男たち、そして——ここ数日で見慣れたアキがいた。

すぐに分かった。これは過去。アキが生きていた頃の光景だ、と。

アップライトピアノを、カナが軽やかに弾く。鍵盤《けんばん》を弾くのに合わせて、美しいピアノの音色が流れ始めた。

彼女の座った椅子《いす》の反対側には、上機嫌でギターを鳴らすアキがいた。時折、譜面や歌詞カードに何か書きこんでいるが、ひどい癖字《くせじ》だった。

他のメンバーたちも、思い思いにギターを弾いたり、バンドのロゴデザインを考えていたりする。

アキが歌いながら、わざとらしくカナに寄りかかった。カナはそれを迷惑そうにするどころか、嬉しそうに笑っている。

颯太は、カナの表情から目が離せなかった。

笑った顔なんて、一度も見たことがなかった。

はじめて『栞屋』の前で見かけたときも、大学の就職センターですれ違ったときも、さきほどジョギングに向かうときも、彼女はいつも何かに耐えるような顔をしていた。

大きな瞳には、いつだって何もかも拒絶するような鋭さがあった。

思っていたよりずっと、笑顔の可愛《かわい》い女性だった。アキが生きていた頃なら、カナはこんな風に笑うことができたのだ。

そう思ったとき、楽しそうな彼らの姿は消えてしまった。

カフェの景色は元通りとなって、店内には男三人と、彼らに突っかかるアキしかいなかった。

颯太は、カフェの壁にバンドのロゴが飾ってあることに気づく。つい先ほど、颯太はあのロゴができあがっていくのを見ていた。

やはり、あれは過去の出来事なのだ。まだアキが生きていて、バンドが活動していた頃の光景だった。

どうして、アキの過去が見えたりしたのか。

「いや、森《もり》ちゃん、本当に俺だから！」

叫んだアキが、店内から押し出されてくる。

「じゃーねー」

「ヤマケン!!　違っ、俺だって!!」

カフェのドアが閉められても、アキは訴え続けていた。追い出されたアキを、颯太は冷たい目で見た。

信じてもらえるわけがない。死んだ人間が、まだ此《こ》の世《よ》にいるなんて。

♪　♪　♪　♪　♪

包丁の音が、リズムよく響いている。

古本屋『栞屋』の一人娘、村瀬《むらせ》カナはピアノの鍵盤を弾くように包丁を叩く。

小さなキッチンには山積みになったトウモロコシがある。カナは包丁を片手に、ひたすらトウモロコシの実を剝《は》がしていく。

「今日はトウモロコシ？」

隣で料理をしていた母――しのぶが、カナの手元を覗き込む。

「うん、とうもろこしのポタージュ」

カナは開きかけのレシピ本を指差した。分厚いレシピ本は、野菜のスープだけを集めたもので、たくさんの付箋《ふせん》が貼ってある。

もともと料理が得意な方ではない。こんな風にレシピ本を見るより、ピアノの前で譜面を開いているときの方が多かった。

目を瞑《つむ》ると、アキの書いてくれた譜面や、歌詞カードがよみがえる。

譜面で躍るきらきらとした音、歌詞の頭に綴《つづ》られた独特の『lyric』というサイン、みんなで演奏した曲。

一年前、恋人だった宮田アキが死ぬまで、カナの日常は音楽でいっぱいだった。

アキは音楽が好きで堪《たま》らなくて、その想いを全身から溢《あふ》れさせるような男だった。

高校生の頃から押しが強くて、ほとんど初対面の頃、いきなりカセットテープに吹き込んだ音楽を贈ってきた。いつのまにか惹《ひ》かれて、彼の作る音楽に夢中になって、それからずっと、カナの隣にはアキがいた。

ほんの一年前まで、アキの作ったバンドで、皆と一緒に夢を見ていたのだ。

『栞屋』の前で、変な男に抱きしめられたときから胸がざわめく。まるで似ていないのに、アキのことを思い出させる男だった。

自分がアキだなんて悪質な冗談を言うから、アキが死んだこと、バンドが事実上の解散となったこと、出演の叶わなかったフェスのことが、ぐるぐる頭を巡ってしまう。

カナはぜんぶ忘れるように、手元の包丁に集中した。

♪　♪　♪　♪　♪　♪

颯太の部屋は、物の多さのわりに片付いている。机はいつも整然として、棚《たな》の中身が少しでも乱れていると気になって仕方がない。

決まった場所に、決まったものを置いておかないと落ちつかない。

「ま、お前の顔だし、あいつらからしたら他人だからな。見てろって。俺にこじあけられない扉はない」

堂々と胸を張るアキに、颯太は目を見張った。

「……どこから、そういう自信が湧いてくるんですか」

自称ポジティブは伊達《だて》ではなかった。カナやバンドのメンバーからあれだけ拒絶されておきながら、少しも落ち込んでいない。

落ち込んでいたら落ち込んでいたで面倒だが、ここまで打たれ強いのも腹が立つ。

「あいつらが、俺のバンド、捨てるわけがない」

「そうですか。……あの、そろそろ。時間も時間なので」

時計を見れば、もう夜も遅い。

「だな。そろそろ寝るか」

「は？　うち泊まるんですか？」

「おやすみなさーい」

我が物顔でソファを陣取って、アキは寝転がった。

冗談ではない。赤の他人、それも死んだ人間と寝るときまで一緒なんて、嫌に決まっている。自室にアキを招くことだって、気が進まなかったのだ。

颯太は近くにある籠《かご》から、洗濯《せんたく》ヒモを取り出す。洗い立てのシーツを洗濯ヒモに引っ掛けて、カーテンのように部屋を仕切った。

「え、何やってんの？」

「他人と長時間同じ空間にいるのは苦痛なので」

「はあ？　そんなんで、どうすんだよ、彼女できたら」

彼女。一瞬、昼間に見たカナの笑顔が浮かんだが、すぐに否定する。

「彼女とかコスパ悪いし興味ないです」

「コスパ？　そーいうことじゃないだろ」

アキは心底理解できないといった顔で、じっと颯太を見ている。

「とにかく。こっちに一歩でも入ってきたら、もう身体《からだ》は貸しませんから」

「……はいはいはいはいはい！」

投げやりな返事に、颯太はシーツで作ったカーテンを閉め直した。

しばらくすると、ぐずぐず文句を言っていたアキが黙った。

颯太はシーツの隙間《すきま》から、アキの様子を盗み見た。寝転んだ背中を確認して、いつものようにノートパソコンを開いた。

パソコンに鍵盤を繋《つな》いで、DTMの音楽ソフトを起動させる。ヘッドフォンを嵌《は》めて、鍵盤を叩いて、できあがっていく音楽に耳を澄ませた。

今日は、どんな曲を作ろうか。

自分一人だけが聴く、自分一人だけのために作った曲。毎日、毎日積み上げてきたたくさんの曲は、颯太にとって日々の支えでもあった。

耳を塞《ふさ》ぐようにヘッドフォンをして、ひたすら音に溺《おぼ》れていると、少しだけ呼吸が楽になる気がした。

美しいメロディが浮かんだとき、生きている、という実感があった。

たぶん、亡霊のように付き纏《まと》うアキを拒《こば》み切れなかったのは、就職活動のことだけが理由ではなかった。

アキが、音楽に人生を懸《か》けていたからだ。方向性や立場は違っても、きっと颯太と同じように、アキも音楽によって生かされてきた。

鍵盤を叩きながら、颯太は新しい曲を作り始めた。

♪　♪　♪　♪　♪　♪

ロックバンド『ECHOLL《エコール》』のベース、森涼介《りようすけ》は、いつものようにカフェに出勤した。

『やまびこカフェ』は、もともと森の父親が経営する店だが、いまでは森が仕切っているようなものだった。アキが死んで、バンドは事実上の解散となった。時間や気力、いろんなものを持て余していたので、カフェの仕事はちょうど良かった。

カフェで働いている間は、少なくとも無力感に襲われることはない。

店を開けようとしたとき、森は首を捻《ひね》った。カフェの中に知らない男がいた。

「は?」

「おはようございまーす!」

よくよく確認すれば、見知らぬ男ではなかった。以前、勝手にカフェに乱入して、自分のことを宮田アキだと主張したおかしな男だ。

「いや、お前勝手に何やって」

「今日からバイトでお世話になります!」

「バイト募集してねえし」

おそらく同年代なのだろうが、どこか少年めいた顔をしている。

外見は、どこにでもいる大学生だった。それも、キャンパスの隅でひっそりと大学生活を送っているような、そんな地味な印象を受ける。

森とアキは子どもの頃からの付き合いで、アキのことは良く知っている。だからこそ、この男の姿かたちにアキの面影《おもかげ》を見つけることができなかった。

なのに、どうしてか。

まるで顔の似ていない男の態度には、アキのかけらがあった。生前の彼は、こんな風にいつも堂々として、有無を言わせず他人を巻き込む勢いがあった。

「バインミーの仕込み、しておきました！」

森は慌ててキッチンを覗《のぞ》き込んだ。いつもの仕込みとまったく同じように、バインミーの用意が済んでいる。

「森さんのバインミー最高！　ベースなんて弾いている場合じゃない、生まれながらのバインミーマスター！」

「あ？」

思わずガラの悪い返事をしてしまった。

森が『ECHOLL』でベースを担当していたことは、調べればすぐ分かる。「やまびこカフェ』はバンドの拠点のような部分もあったから、知っている人間は知っている。

しかし、アキが死んで、バンドは事実上の解散となったのだ。今さら、こんな風に付き纏《まと》われる理由がない。

そもそも、死んだアキを名乗るなんて冗談にしても悪質だ。

「ほんと良かったですね！　バンド辞めて。みんなそれぞれ好きなことして。カナさんも、思う存分、ひとりぼっち」

男は、まるで森を試すようにじっと見つめてくる。

「……おまえ何でカナのこと」

直後、不自然に男が表情を変えた。

「あ……」

さきほどの挑発的な視線ではなく、どこか戸惑ったような顔をしている。それだけで、まるで別人のように印象が変わった。

「お前、カナにまで何かしてんじゃねーだろうな？」

森が詰め寄ると、男は慌てて口を開く。

「ちょっと待ってください、今代わりますんで」

男は鞄《かばん》に手を突っ込んで、直後、また鬱陶《うっとう》しいほどしつこく話しかけてくる。押しの強さが、アキとそっくりだった。

結局、男は開店時間になるまでカフェに居座った。


颯太は大学の講義室にいた。

本日の天文学は、外部講師を招いての特別講義だった。

就職活動の最中であるため、颯太が今期とっている講義は少ない。卒業に必要な単位は、あらかた取り終えたので、興味のある講義だけに絞《しぼ》っていた。

天文学をとったのは、星を眺めることが好きだからだ。

星の名前、科学的なこと、そういったことは詳しくないが、一人になりたいとき夜空を見上げる。中学生のとき母親を亡くしてから、それは顕著《けんちょ》になった気がする。

とはいえ、興味があっても、普段はそこまで熱心に講義を受けているわけではない。

颯太は呆《あき》れたように、黒板前に置かれた教壇《きょうだん》を見る。

そこには、颯太の身体を借りたアキがいた。

アキは教壇に座って、ありえない近さで講義を受けていた。あいかわらず元気があり余っているようで、少しも落ち込んでいる様子がない。

自分をアキと言っても信じてもらえず、カナやバンドメンバーから拒絶された。そのうえ、アキが大事にしていた『ECHOLL』というバンドは事実上の解散だ。

何故、アキは諦めないのだろうか。

アキはきっと、今日も颯太の身体を借りて、メンバーに会いにいく。

信じてもらえるはずないのに、無駄なことをするアキが、颯太にはまるで理解できなかった。

アスファルトが太陽を跳ね返して、炎天下の工事現場に襲いかかる。

びっしょりと汗を吸った作業着は重たくて、鼻が曲がるようなペンキの臭《にお》いもあいまって、まるで地獄のようだと思った。

重田幸輝《しげたこうき》は、黙々と刷毛《はけ》でペンキを塗る。

「仕事遅えよ。ミュージシャン上がりって、ほんっと根性ねえのな」

仕事ぶりを覗きに来た上司が、溜息まじりに吐き捨てた。重田は怒りを堪《こら》える代わりに、返事をしなかった。

「昼までに全部、終わらせとけよ」

無反応の重田が面白くなかったのか、上司は飽きたように去っていく。

ミュージシャン上がりと根性の有無は関係ないし、ペンキを塗るのが下手《へた》なのは技術不足であって根性の問題ではない。

あの上司は、ただ重田のことをバカにしたいだけだ。それなのに、ドラムを叩いていた自分だけでなく、『ECHOLL』のことまで否定された気がした。

「あれ？　キレないの？」

はっとして隣を見れば、知らない男が勝手にペンキを塗っていた。よく見れば、この前、森のカフェに乱入してきた男だ。

「お前……」

　自分を死んだアキだと主張する、アキとは似ても似つかない顔の男。

「大人になっちゃって～！」

　茶化すように言って、男はペンキを塗り続ける。重田は、はっとする。

「色っ!!」

　男が塗っている色は、重田が使っている色と違う。そのうえ、彼は重田の塗っていた部分まで塗りつぶしている。

「つーか、こっちの方が綺麗《きれい》じゃね？　色」

「そういうことじゃねえんだよ!!」

　気づけば、重田は思い切り刷毛を投げつけていた。

「はい！　来ると思った～！」

　簡単に避けられて苛立《いらだ》ちが高まる。顔はまったく似ていないが、そんなふざけた態度だけアキと通じるものがあって、ますます腹立たしい。

　一年前、アキは死んだ。ここにいるはずがないのだ。

　重田は近くにあったペンキの缶を持ちあげる。

「わ！　ちょっ！　それはナシっ！」

この様子では、重田だけでなく、他のメンバーの森やヤマケン、カナにも会いに行っているのかもしれない。

もしかしたら、メンバーだけでなく、『ECHOLL』が世話になっていた関係者にも絡みに行っている可能性がある。

今さら、何の目的があって、自分たちを引っかき回すのか。

苛立ちをぶつけるよう、重田はペンキ缶を投げつけた。

♪ ♪ ♪ ♪ ♪ ♪

『やまびこカフェ』の向かいに、松本市で有数の音楽スタジオはある。

まだ人も疎《まば》らなロビーに、スタジオの経営者である吉井冨士男《よしいふじお》はいた。テーブルを一緒に囲うのは、吉井が信頼するスタッフたちだ。

吉井には、スタジオ経営だけでなく、若手の発掘、東京のレーベルへの繋《つな》ぎ等、様々な面から地元の音楽シーンを支えてきた自負がある。

そのひとつが、毎年主催している音楽フェスだった。アルプス公園を貸し切って行うフェスは、吉井にとっても思い入れが強い。

「ようやく全ステージ揃《そろ》ったね」

「ですねー」

出演者のラインナップが決まれば、いよいよ開催準備も大詰めだ。

毎年のこととはいえ、参加するバンドを選ぶこと、ステージや時間帯を割り振ること、細部まで議論を重ねて、ひとつひとつ決めていく。少しでも手を抜けば、演奏するバンドだけでなく、フェスに来場する観客にも合わせる顔がない。

フェスの準備が進むにつれて、吉井は、去年のことを思い出してしまう。

去年のフェスには、吉井が支援していたロックバンド『ECHOLL』がはじめて出る予定だった。

松本市出身の若者五人組で、勢いもあって、念願のメジャーデビューを果たしたばかりだった。

ボーカル&ギターであり、バンドの中心だった宮田アキのことを、吉井はことさら気にかけていた。

まさか、フェスに出る直前、交通事故に遭《あ》って急死するなど思いもしなかった。

アキが死んで以来、『ECHOLL』は活動を止めている。解散を明言されたわけではないが、メンバーが各々《おのおの》に過ごしていることを思えば、事実上の解散に近い。

彼らの夢を見届けることができなかった。道半ばで亡くなったアキのこと、彼が大事にしていたバンド、メンバー、考えるだけで感傷的になってしまう。

去年も、今年も、彼らにはずっと音楽を続けてほしかった。

「あっ、吉井さん！」

聞き覚えのない声だった。顔をあげると、Tシャツをペンキで汚した若い青年がいる。生前のアキと同世代かもしれない。

「ん？」

彼は堂々とした様子で、レッスン中のアコースティックギター教室へと入っていく。あの教室の講師は、ちょうど『ECHOLL』のギターだった青年だ。

スタッフに声をかけられるまで、吉井はスタジオに消えていった背中を見ていた。


「いい感じです！　みなさんお上手ー！　もうプロ並！」

ヤマケンこと、山科健太《やましなけんた》は、アコースティックギターを鳴らしながら声を張り上げる。

初心者向けのギター講座は、ヤマケンの祖父くらいの人たちで満員だ。受講者の年齢層が高いため、ゆったりとした時間が流れている。

アキが死んでから、ヤマケンは何をすれば良いのか分からなかった。

子どもの頃から、アキは自分たちのリーダーで、ヒーローで、自分は彼の後ろをついていけば良かった。いつだってアキが進む方を選べば正解だった。

だから、アキが死んで、どこに行けば良いのか迷子になった。

もともと大学生だったカナ、父親のカフェを手伝うようになった森、塗装《とそう》の仕事を見つけた重田と違って、一人きりで途方に暮れた。

そんなヤマケンに声をかけてくれたのが、スタジオの経営者である吉井だった。

アキが生きていた頃から、『ECHOLL』のメンバー全員が吉井の世話になっていた。きっと、アキの才能を買って、死後も気にかけていた人だから、ヤマケンのことも放っておけなかったのだと思う。

実際、緊張しがちで、ライブで満足な演奏ができないことも多かった自分は、こうして誰かに教える方が性《しょう》に合っていたのかもしれない。

「体験レッスンお願いしまーす！」

和《なご》やかな空気を壊すよう、ペンキ塗《まみ》れのTシャツを着た男が、スタジオに乱入してきた。

「は!?　お前」

ヤマケンはすぐ、その男が誰か気づいた。以前、カフェに飛びこんできた怪しい男だ。

よりにもよって、自分を死んだ宮田アキだと主張する、性質《たち》の悪いファンだった。

「みなさん、今日はよろしくお願いします！」

人懐こい笑顔で、男は受講者たちに挨拶《あいさつ》する。受講者たちは受講者たちで、男の笑顔に絆《ほだ》されたのか、快《こころよ》く迎えていた。

「いやいや待て」

「俺、ヤマケン先生のギター、大好きなんですよ。先生のカッティング、しびれますわー」

「いや、レッスンの邪魔だから！」

「ちょっと生で『ECHOLL』の曲、聴かせてくれません？」

バンド名を聞いた途端、胸が締めつけられた。

やはり、ヤマケンたちのバンドを知っているのだ。アキが死んだことも、バンドが事実上の解散状態に陥《おちい》っていることも分かったうえで、死んだアキを名乗っていた。

「ね、ね、ちょっとだけ、冥土《めいど》の土産《みやげ》に！　聴きたい人ー？　はいっ！」

勝手にアンケートをとるな、と思えば、受講者たちは一斉に手を挙げている。

ヤマケンは自棄《やけ》になって、アコースティックギターをかき鳴らした。男の要望どおりのカッティングで。

　久しぶりに弾いた曲は、自分のバンドの曲ながら、とても良い曲だった。死んだアキが作った曲だから当然だ。

　指が覚えている、アキの曲を。

♪　♪　♪　♪　♪　♪

「短い！」

　颯太の部屋で、アキが大げさに嘆《なげ》く。

「三十分ですからね。戻るたびにあなたのバンドの人たち、怒ってるし。ペンキでベタベタになるし」

　投げやりに応えた颯太は、ゴーグルをかけてVRゲームを始める。銃を構えて、部屋のあちこちに現れる映像のゾンビを撃ち殺した。

　テーブルの上には、ポータブルのカセットプレーヤーが置かれていた。

「オートリバースってのがあるんだけどさ。A面終わったらB面に連続再生できるはずなんだけど、これ壊れてんだよ」

　カセットテープは、颯太たちの世代にとって馴染《なじ》みあるものではない。

小さい頃、親が持っているのを見かけたくらいで、仕組みもあつかい方も良く分からなかった。オートリバースなんて機能があることも、いま初めて知った。

「いちいち三十分ごとに再生押さなきゃいけないなんて」

「俺、好きだけどな、ガチャってテープが終わる音」

入れ替わりを繰り返すうちに、仕組みが確かになってきた。

颯太とアキが交代できるのは、テープを再生している三十分間だけ。連続して交代することはできるが、必ず三十分ごとに再生ボタンを押さなくてはならない。

この三十分という制限が、思っていた以上に厄介《やっかい》なのだ。

最初、入れ替わっているとき、アキのことは放っておいた。

彼はバンドのことで頭がいっぱいで、それ以外には興味がないようだった。だから、颯太は自分の身体《からだ》から離れることに抵抗がなかった。颯太が見張っていなくとも、どうせアキはバンドメンバーに会いに行っているだけだ。

誰にも見えないから、と好きなバンドのライブを最前列で聴いたり、普段だったら入れない場所に侵入したり、颯太だって、それなりに楽しく過ごそうとした。

けれども、三十分は短かった。颯太がどこへ行こうとも、たった三十分で身体に引き戻されてしまう。

そして、自分の身体に戻される度《たび》、バンドのメンバーと顔を合わせることになる。アキはともかく、颯太にとっては関係のない人たちだ。だが、何度も会えば気にかかるし、嫌でも人となりが見えてきてしまう。

アキが何度も呼ぶから、名前や担当楽器だって憶えてしまった。

カフェにいるのがベースの森、塗装仕事をしているのがドラムの重田、音楽スタジオでギターを教えているのがヤマケン。

そして、古本屋『栞屋』にいるのが、アキの恋人で、キーボードを担当していたカナ。

アキの作った『ECHOLL』というバンド、メンバー、曲、いろんなことが気にかかる。喉《のど》に刺さった魚の小骨みたいに、放っておきたいのに頭から離れない。

ぐるぐるとした悩みを振り払うよう、颯太は無言でVRゲームを続ける。

「ま、あいつらがその気になんのも時間の問題だな。お前さあ、もう少し愛想良くできないの。かわるたびに、毎回、ムスッとしてたら、俺が情緒《じょうちょ》不安定になるだろ」

「《俺》じゃなくて、僕ですから！」

「とにかく、俺の言うとおりにすれば、全部上手《うま》くいくから」

「そういうとこ」

颯太は大きな溜息をついた。

「なに？」

「これまで、人生上手くいかなかった事ないんですか？」

「ない」

即答するアキは、心からそう思っているのだろう。

一緒にいればいるほど、颯太とは真逆なのだと思い知る。どうして、そんな堂々と生きていけるのか分からない。

「でも、死にましたよね」

「でも、復活したし。上手くいかなかったらな、上手くいかすんだよ」

腹立たしいほど自信満々の顔だった。何が起こったとしても、彼はすべて前向きに捉えて、自分の都合の良いようにする。

明日世界が滅んだとしても、彼はきっと上手くいかすのだ。

颯太には、アキの前向きさが理解できなかった。心がちくりと痛んで、怒りのような、妬《ねた》みのような感情に胸がざわめく。

「……あ、出たゾンビ」

颯太はわざとらしく、アキの声がした方に銃を向けた。ゴーグル越しの映像ではゾンビしか映っていないが、おそらく同じあたりにアキがいるはずだ。

「おい、やめっ」

アキが大声をあげるので、つい銃口がズレてしまった。

「……邪魔するから」

ゲームオーバーの文字に、颯太はゴーグルを外した。どうにも、もう一度、ゲームをする気分にならなかった。

時計を見れば、もう深夜と言うべき時間だ。眠くなった颯太は、シーツで作ったカーテンを閉めようとする。

「あ、颯太！」

「呼び捨てだし……」

「寝るなら、それやらせて！」

「いやです」

「いいじゃん！　ちょっとだけ、お願い！　ね、ね!!」

おもちゃ売り場で駄々を捏《こ》ねる子どものようだった。そして、断ったところで諦めないことを、いまの颯太は知っている。

「……データ上書きしないでくださいよ」

颯太は面倒になって、カセットテープの再生ボタンを押した。これ以上うるさくされるくらいなら、身体を渡した方がマシだった。

颯太の身体に入って、アキは嬉しそうにVRゲームを始める。たった三十分とはいえ、実体のないアキにしてみれば、何かに触ることができるだけでも感動なのだろう。

愉《たの》しげなアキを見てから、颯太はカーテンの内側で眠った。

——そして、朝になって死ぬほど後悔《こうかい》した。

「ちょっと、なんですかこれ、セーブしてるし!!」

起きたとき、当然ながらカセットテープの再生は終わり、颯太は自分の身体に戻っていた。しかし、たった三十分の間で、アキは好き勝手していたようだ。

「なにイライラしてんだよ。ステージ進めといてあげたのに」

「頼んでません!」

上書きするなと念押ししたのに、まるで聞いていなかったのか。そして、部屋を見渡せば、眠る前よりも散らかっている。

ゲームの上書き以外にも、颯太に黙って色々とやらかしたのだ。

「そういえば、あの曲、お前が作ったの?」

「……は?」

「パソコンに入ってたやつ。ネットあげといた。もったいねーよ、一人で作ってるだけなんて」

　颯太は慌ててノートパソコンを見る。いつも使っているDTMの音楽ソフトが開かれている。このソフトからなら、作りかけの曲だけでなく、ずっとパソコンに溜めてきた曲の保存場所も一発でバレてしまう。

「!!　ちょっ、どこに、どこに、どこにアップ！」

　ブラウザの違う窓で、動画サイトが開かれていた。颯太が必死に探すと、いまは閲覧《えつらん》用にしか使っていないアカウントに、新しい動画がアップされていた。

『傑作《けっさく》できちゃいました。シェアしてね！』

　曲紹介のコメントも、アキが勝手に書いたものだ。すでに何度か再生されており、コメントもつき始めていた。

　血の気が引いて、過去のトラウマがよみがえる。

　数年前、DTMで曲を作り始めたとき、そっと動画サイトにアップしたことがある。ドキドキしながら評価を待っていたら、低評価がいくつもついてしまって、すぐに曲を削除《さくじょ》したのだ。

　出来心で、柄《がら》にもないことをするんじゃなかった、と今でも後悔している。颯太にとっての音楽は、やっぱり一人で作って、一人で聴くものなのだ。

颯太は曲の評価も確かめず、アキがアップした動画を消した。

「やりたいこと、あんじゃん」

心臓が早鐘を打って、冷や汗が背中を伝った。

動画サイトに曲をアップされたことも最悪だが、アキに曲を聴かれたことが、そもそも悪夢のようだった。

死ぬ直前までバンドをしていた男——それも、自分のためだけに曲を作っていた颯太と違って、メジャーデビューも果たした天才だ。

恥ずかしさ、怒り、不安、いろんな感情が絡み合う。宝物のように大事に守ってきたものを、滅茶苦茶《めちゃくちゃ》にされた気がした。

美しいメロディが浮かんだとき、生きている、という実感があった。一人きりで音楽の世界に没頭している間だけ、生きづらさが薄まって、呼吸が楽になった。

こんなことをされたら、そんな安らぎさえも消えてしまう。

振り返れば、世界で一番良いことをしたみたいな顔をして、アキが笑っている。颯太が喜ぶと確信し、当然のように颯太からの感謝の言葉を待っている。

「……大っっっっっっっ嫌いです！　あんたみたいな人!!」

自分でも信じられないほど大きな声が出た。

「へ？」

「一人で作って、一人で楽しんで、何が悪いんですか!?　気軽にアップなんかしたら、下《へ》手《た》すりゃ散々ディスられて黒歴史ですよ！」

一人なら、自分で作って、自分だけで満足できる。顔も見たこともない相手から誹謗《ひぼう》中傷《ちゅうしょう》されることもない。

「え？　考えすぎじゃね？」

「あなたといると疲れるんです。だいたい音楽なんかで食っていける人います？　バンド解散したのだって、賢明な判断じゃないですか？　皆さんせっかくまっとうな道歩いているのに、今更再結成なんて、あなた以外、誰も望んでないじゃないんですか!?」

颯太は肩で息をする。心がぐちゃぐちゃで、もうアキの顔を見たくなかった。

部屋を出ようとしたとき、扉の前で父親の修一《しゅういち》が固まっていた。

息子の部屋から叫び声がして、心配になったのだろう。ただでさえ就職活動に躓《つまず》いて、父にはいろんな気苦労をかけているというのに、こんなことで煩《わずら》わせたくなかった。

就職活動さえ終わったら、アキとの付き合いも終わりだ。もう少しだけ我慢すれば、こんな風に心が乱れることもない。

颯太は黙って、父の横を通り過ぎた。

♪　♪　♪　♪　♪　♪

営業を終えた『やまびこカフェ』は、ひどく静かだった。

森がキッチンの後片付けを終えると、仕事終わりのヤマケンと重田が、カウンター席で何かを覗《のぞ》き込んでいた。

「は？　ライブ？」

彼らの手元には、ライブハウスのフライヤーがあった。箱は大きくないが、結成した当時から何度も世話になった場所だ。

「あいつ、勝手に俺たちのライブブッキングしてる」

ヤマケンがフライヤーを指で叩いた。複数のバンドが参加する合同ライブは、以前ならば馴染《なじ》みのあるものだったが、アキが死んでからは参加したことがなかった。

それなのに、参加者の欄《らん》に『ECHOLL』の文字があった。

「はあ!?」

思わず、重田と一緒に叫んでいた。冗談ではない。誰もライブの出演なんて申請していないはずだ。

「あいつなんでもこじあけてくるな……アキのファンにあんなやばいのいたか？」

「知らねー」

重田がフライヤーをひねりつぶす。まったくもって同感だった。

「あいつやべーよ。本当にやべーんだけど……こないだ、あいつに言われてさ……、久々、バンドの曲、弾いてみたんだよ。やっぱ……いい曲だなって」

しみじみと、噛《か》み締めるようにヤマケンはつぶやく。

ヤマケンの言うとおりで、アキの書いた曲はどれもこれも強く心に響いた。少しでも聴いたら、みんなアキの音楽に夢中になった。

「アキが作った曲……、俺ら、本当に、このまま演奏しないでいいのかな」

ヤマケンの本音が、静まりかえった店内に響いた。

アキが死んだから、『ECHOLL』は活動を止めた。けれども、アキがいない今、アキの曲を演奏できるのは遺《のこ》されたメンバーだけなのだ。

この世の誰よりも、自分たちが一番、アキの音楽を憶えている。

かっとなった重田が、くしゃくしゃに丸めたフライヤーをヤマケンに投げつける。

「ふざけんな。決めただろ。アキがいねえならバンドやっても意味ねーって」

「……そうだよ。アキがいたから。けどさ！　俺ら、なんにもしねえで文句言うだけで……最後のときだって」

森は目を瞑《つむ》った。アキが死んだ夜を、昨日のことのように思い出すことができる。

あの頃の自分たちは、アキと険悪になりかけていた。誰よりも音楽に対して真面目《まじめ》だったアキの求めるレベルに、ついていくことができなかった。

フェスに向けたリハーサルは、アキのダメ出しで長引いて、メンバー全員がうんざりしていた。話し合えば良かったのに、ダメ出しするアキのことだけを一方的に悪者にしてしまった。

いつもならすぐ終わるはずのリハーサルが、いつまでも終わらなかった。

そして、何度目かのリハーサルに向かう途中、アキは交通事故で死んだ。

激しい雨の降る日のことだった。森たちが病院に駆けつけたときには、アキはもう亡くなっていた。

「俺らがちゃんとやってたら、リハやり直す必要もなくて、あいつは今でも生きてた」

ヤマケンの言ったことは、バンドメンバーの誰もが一度は思って、しかし声に出すことができずにいたことだった。

もしも、自分たちがしっかりしていたら――。

アキはあんな風に死ぬことはなかった。今も最高の曲を作って、楽しそうに笑って、大好きなカナの隣にいた。

一緒にバンドを組んで、誰よりも近くにいたから、森も、ヤマケンも重田も知っている。アキとカナのこと、二人がどれだけ幸せに過ごしていたかを。

「泣かなかったよな、カナ。葬式のときも。アキが死んでから、一度も」

カナが涙を流さなかったのは、彼女が薄情だからではない。泣くこともできないほど打ちのめされて、絶望していたからだ。

「もうやりたくないって、カナが言って。あのときは、それでいいと思った。でもそのせいで、余計カナを一人にさせたんじゃないか」

いま、カナがどんな風に過ごしているのか、森には分からない。アキを喪《うしな》って、それでも生きていかなければならないカナを見たくなかったのかもしれない。

カナが絶望しているなら、それはアキが死んだからだ。アキが死んだのは、自分たちが彼の信じる音楽にきちんと向き合おうとしなかったからだ。

誰もが後悔《こうかい》している。二度と会えないアキのことを引きずって、騙し騙しで、なんとか日々を過ごしている。

「もしアキが、今の俺ら見たら、どう思うかな」

「……俺はやらない」

重田がカフェを出ていく。引き留めることが、森にはできなかった。

アキが生きて、今の腑抜《ふぬ》けた自分たちを見たら、どうして、と言うだろう。あのおかしな男のように、バンドを解散させないよう動くかもしれない。

もしかしたら、なんて考えても仕方ないのに、そんな風に思ってしまった。


『やまびこカフェ』を出た重田は、そのまま仕事に向かった。

あのまま森やヤマケンと一緒にいたら、どうしてもアキや『ECHOLL』のことに引きずられてしまう。

夜の工事現場で、一人きりで塗装《とそう》に使ったペンキの片づけをする。刷毛《はけ》についたペンキを、缶のフチでトン、トン、と落とす。

その音が、まるでエコーのように響いた。

しばらく握っていなかった、ドラムスティックの感触がよみがえる。缶を叩くトン、トン、というリズムから、次々と、何度も叩いたアキの曲が頭のなかに溢《あふ》れる。

アキの書いた曲は最高だった。『ECHOLL』のファンがそうであったように、重田だってアキの曲に夢中で、その曲を演奏することが誇らしかった。

生温《なまぬる》い夜の風が、そっと重田の頬《ほお》を撫《な》でる。

――アキがいないのなら、バンドを続けても意味がない。

そう思っていた。それが正しいことなのだと信じていた。アキのいない『ECHOLL』の姿など、重田にも、他のメンバーにも想像できなかったのだ。

けれども、重田たちが演奏を止めたら、誰がアキの曲を奏でるのだろうか。

重田は気づかない。

そんな重田を、アキがじっと見つめていたことを。

♪　♪　♪　♪　♪　♪

颯太の傍を離れて、アキはふらふらと馴染みの音楽スタジオに入った。

それぞれの楽器を背負って、ヤマケンと森が練習に使っていた部屋へと入っていくのが見えた。彼らに続いて、アキもスタジオに入る。

すると、スタジオには先客がいた。

「……遅えよ」

仏頂面《ぶっちょうづら》で、重田が文句を垂れる。彼は既にドラムのセットを終えており、今すぐにでも演奏できる状態だった。

森とヤマケンは顔を見合わせ、弾かれたように笑う。

音を合わせる三人を見て、アキの胸は熱くなった。

ようやく、また『ECHOLL』を始めることができる。あとは、ここにカナがいてくれたら完璧《かんぺき》だった。

4. ライブハウスの思い出

大量のかぼちゃを抱えて、カナは古本屋『栞屋《しおりや》』に戻ってきた。

客のいない店内を通り抜けたとき、ふと、カウンターに派手なフライヤーがあることに気づく。

良く知ったライブハウスのフライヤーだ。アキが生きていた頃、『ECHOLL《エコール》』のキーボードとして、何度もステージに立った。

複数のバンドで行う、合同ライブの告知だ。

参加者の欄《らん》を見て、一瞬、カナは呼吸を止めた。

どうしてか、『ECHOLL』の文字があった。参加を申し込んだのは、森《もり》たちなのだろうか。ならば、このフライヤーを置いていったお節介《せっかい》も彼らだろう。

もう一度、『ECHOLL』として活動するつもりなのか。

アキが死んで、もうすぐ一年になる。あのときから一歩も動けずにいるのは、カナだけなのかもしれない。

カナはためらいがちに、フライヤーを手に取った。

アキのいない『ECHOLL』なんて、カナには想像できなかった。

夜のライブハウスは、すでに客でいっぱいだった。

「謝ったんだから、いい加減、機嫌直せよ！」

アキの言葉に、颯太《そうた》はむすっとした顔をする。

ライブハウスまで来ただけ感謝してほしい。

颯太の曲を勝手にネット上にあげたことが、いまだに許せなかった。大事に守っていたものを土足で踏み荒らされたようで、謝罪を受け入れることができない。

アキと一緒にいると、嫌でも思い知らされてしまう。

（この人は、僕とは違う）

アキは陽《ひ》のあたる場所で、堂々と胸を張って生きていた人間だ。

だから、生きていた頃も、死んでしまった今も、颯太の気持ちなんて分からない。

ただ普通に生きたいだけなのに躓《つまず》いてしまう劣等感、誰かに可哀《かわい》そうなものとして憐《あわ》れまれる惨《みじ》めさ、そんな醜《みにく》い感情なんて感じたことすらないはずだ。

背を丸くして歩く颯太は、アキみたいに生きることはできない。

興奮した客たちが、飛び跳ねて、拳《こぶし》を突きあげる。いまいち乗り切れない颯太を余所《よそ》に、ライブハウスの盛り上がりは最高潮だった。

演奏していたバンドが、最後の曲を終える。

ステージ裏からは、「『ECHOLL』の皆さん、スタンバイお願いします！」という声が聞こえた。

いよいよ『ECHOLL』の演奏が始まる。

ステージ上に現れた三人に、客席がざわめくのを感じた。ライブハウスに来ている人間は、『ECHOLL』のことも、一年前にアキが死んだことも知っているのだ。

重田《しげた》のカウントに合わせて、曲が始まる。

ボーカルだったアキはいない。代わりに歌い始めたのは、アコースティックギターを鳴らすヤマケンだった。

緊張のあまりか、歌い出しの音が外れている。

最初のミスに引きずられたのか、歌声は弱々しく、頼りないものとなった。歌っている人間の自信のなさが、ダイレクトに客席にも伝わってしまう。

照明が、容赦《ようしゃ》なく不安そうなヤマケンの表情を照らした。

前に演奏していたバンドのファンたちがステージから離れて、バーの方にたむろする。ステージ間際、いちばんの特等席が、そのままぽっかり空いてしまう。

演奏している『ECHOLL』から、客の興味が引いていく。客側にいる颯太には、会場が冷めていくことが肌で感じ取れた。

ステージ上の三人と客の間に、埋めることのできない温度差があった。

「代わって」

耳を澄ませていたアキが、ぽつりとつぶやく。

「え？　今？」

「いいから早く」

有無を言わさぬ声に、颯太はカセットプレーヤーの再生ボタンを押した。

颯太が――颯太の身体《からだ》を借りたアキが、前髪をかきあげる。

「やっぱ、俺がいないとな！」

疎《まば》らな客たちの間を歩いて、アキがステージにあがった。彼は戸惑うメンバーに構わず、ステージの隅にあるエレキギターをとる。

ヤマケンを押しのけて、アキがスタンドマイクの前に立った。

アキはギターをかき鳴らし、愉《たの》しそうに歌い始めた。声を出しているのは颯太の咽喉《のど》なのに、それは颯太の声ではなかった。

ステージから意識を逸《そ》らしていた観客たちが、一斉に振り返った。『ECHOLL』のメンバーたちですら、突然現れたアキに釘付けになっている。

会場中の視線を一身に受けて、アキは笑った。少しも怯《ひる》まない姿を、颯太はまぶしいと思ってしまった。

「心の奥底でずっと
君は手を伸ばしているんだ
僕には分かってるんだよ
聞こえる？　目を覚ましてよ
あの頃を思い出して」

アキの歌声に導かれるように、客が集まっていく。ぽっかりと空いていたステージ前は、我先にと集まった観客でいっぱいになった。

『ECHOLL』の三人も、アキに釣られるように笑った。さきほどまでの演奏が嘘のように、アキの歌声が、三人の楽器が共鳴して、美しい音楽を奏でる。

アキが生きていた頃、彼らはこんな風に音楽を愉しんでいたのか。

ステージに立つアキは、本当に嬉しそうにしていた。良く笑う男だったが、こんなにも嬉しそうな笑顔は知らなかった。

会場の盛り上がりは終わらない。熱狂する観客に応えて、演奏の熱量も増していく。

（カナさん）

見覚えのある女性の横顔に、颯太は気づく。

ステージ上で歌うアキも、そっとライブハウスに入ってきたカナに気づく。アキは幸せそうに、愛《いと》おしそうにカナを見つめていた。

客席に取り残された颯太は、死に別れてしまった恋人たちを眺める。

「ねえ　朝が来れば

何事もないように話せる気がしていた

ぼんやりと光が

ひとりきりの僕を淡く映していく

大事な人だと分かって

特別な想いと知って

いつもなぜか傷つけてしまう」

アキが、次の曲を歌い始めたときだ。眼前の景色が塗りつぶされて、まるで違うものに変わっていく。

『やまびこカフェ』で、アキの過去を見たときも、こんな風に知らない景色が見えた。

現在のライブハウスと、過去のライブハウスの光景が重なっていく。ステージ上を見れば、そこにいるのは颯太ではなかった。
アキが、アキ本人の姿かたちで歌っている。
やはり、これは彼の記憶であり過去にあった景色なのだ。
『優しさとか悲しみとか
なにもかも全部あなたと覚えた
胸の奥がまだ痛むのなら
重ねた手はもう離さないから』
ステージ上には、ピアノを弾くカナの姿もあった。まるで欠けていたパズルのピースが揃《そろ》うように、そこにカナがいることがしっくりくる。
包み込みような森のベースが、普段の荒っぽさからは想像つかない細やかで正確な重田のドラムが、ヤマケンの温かみのあるギターが、会場に溢《あふ》れる。
ギターをかき鳴らして歌うアキと、カナの視線が交わる。
笑い合う二人の間にも、演奏するメンバーのなかにも、客席にすら、颯太の居場所はなかった。
完成された、完璧《かんぺき》な空間があった。
あれが本当の『ECHOLL』の姿なのだと、まざまざ思い知らされる。アキが死んだ今、二度と戻ることはない景色だ。

そうして、過去の映像が途切れる。

颯太の前には、現在のライブハウスの光景があった。

ステージに立つのは、アキではなかった。中身はアキでも、姿かたちは別人で、誰もアキのことなど気づかない。

「愛の意味も夢の果ても
全てのことをあなたと知りたい
この先にはまだ知らないことが
呆《あき》れるほど僕らを待ってる」

カナが、じっとステージ上のアキを見つめていた。

哀しげなその横顔から、颯太は目を離すことができなかった。

あの場所で歌っているのが、本当のアキならば良かった。そうしたら、彼女はこんな風に泣きそうな顔をしないでいられる。

昔のようにピアノを弾きながら、まぶしいくらいの笑顔を浮かべてくれる。

やがて、カナは耐え切れなくなったのか、一歩、一歩と後ずさる。曲が終わる頃、カナはステージに背を向けて、ライブハウスから飛び出した。

歌っていたアキが、カナを追いかけるよう、ステージから飛び降りた。

颯太には、彼らの背中を見送ることしかできなかった。


ライブハウスを飛び出して、アキは夜道を駆けた。逃げるように出ていったカナの背中を、必死になって追いかける。

「カナ！」

名前を呼んでも、カナは止まらなかった。思わず、アキはその手を摑《つか》んだ。

「なんであんたが」

その『なんで』には、いろんな意味が籠《こ》められている気がした。

アキは死んだ。それなのに、なんでアキの曲を弾くのか、なんでアキではなく颯太がステージに立つのか、と。

堪《たま》らなくなって、アキは彼女を強く抱きしめた。腕のなかで暴れるカナの瞳は、不安そうに揺れている。

いまのアキは、颯太の身体を借りているだけだ。カナにとって、知らぬ男に抱きしめられている状態だ。

それでも、カナは何かを感じ取ってくれたのかもしれない。似ても似つかない颯太のなかに、アキのかけらを見つけてくれたのか。

彼女の顔に嫌悪はなかった。ただ、戸惑いだけが浮かんでいる。

アキを押し返して、カナが踵《きびす》を返した。アキの存在を振り切るよう、彼女は早足で去っていく。

「ありがとう！　来てくれて」

叫んだ直後、カセットテープの回る音がした。そうして、アキは自分の意識が颯太の身体から弾かれたのを感じた。

「人の身体で好き勝手、しすぎです」

息を切らした颯太が、不機嫌そうにアキを睨《にら》む。

「いいだろ。来てくれたんだから」

森が、重田が、ヤマケンが、またステージに立ってくれた。そして、カナが見に来てくれた。

ばらばらになった『ECHOLL』が、また始まろうとしている。

「勝手に出ていってんじゃねーよ！」

ライブハウスから出てきたヤマケンが、颯太へと飛びついた。

「ちょっ、どこへ？」

そうして、強引に颯太をどこかへと連れていく。

アキは機嫌よく、彼らの後をついていった。


深夜の居酒屋は、酔っぱらいたちで賑《にぎ》わっている。

店内は狭く、テーブルとテーブルの距離が近い。チェーン店というより、個人がやっているいる昔ながらの大衆居酒屋といった店だった。

「かんぱーい！」

勢いよく乾杯するメンバーに、颯太はおずおずとジョッキを掲《かか》げる。

あまりのテンションの高さについていけなかった。

アキと交代した方が良いだろう。颯太は鞄《かばん》のなかにあるカセットプレーヤーを再生させようとするが、ヤマケンに肩を摑まれてしまう。

「お前いいじゃん、ボーカル！　アキの完コピ！」

完コピではない。アキ本人なのだから、アキとそっくりで当然だった。

「俺だよ！」

颯太にしか見えないアキが、会話に参加してくるのも気まずかった。うっかりへまをして、誰もいない場所に話しかけてしまいそうだ。

「もう帰ってもいいですか」

「辻本《つじもと》さん、褒めてくれてたよ。ソニーミュージックの」

「ソニーミュージック」

有名どころ過ぎて、知っている会社名なのに、なんだか知らない会社に聞こえた。

たしか、アキが死んだとき、『ECHOLL』はメジャーデビューを果たしたばかりだった。デビュー作となったミニアルバムはソニーミュージックから発売されていたので、繋《つな》がりがあっても不思議ではない。

その人は、まだ『ECHOLL』のことを気にかけているのだ。

アキが死んで一年も経っているのに、わざわざライブハウスに足を運んだのは、それだけ『ECHOLL』にかけられていた期待が大きかった証《あかし》だ。

きっと辻本以外にも、同じように『ECHOLL』を気にかけている人間はいる。死んでしまった今も、アキの曲を、歌を求めている人間がいるのだ。

たとえ、アキが颯太の姿かたちをしていても、アキの歌は大勢の心に響く。さきほどのライブが、その証拠だった。

「なんでこいつが歌うんだよ。俺は認めねえから」

重田が不機嫌そうに颯太を睨みつける。

「別に僕がやったわけじゃ」

「唐揚げ四皿、山盛りポテト四皿、山賊焼《さんぞくや》き四皿」

颯太の言い訳は聞かず、流れるように、重田は店員に注文した。

「いや、一人一皿食えねえから！　山賊焼きも唐揚げだし！」

「揚げ物ばっか！」

「こいつの注文聞かないで」

煙草《たばこ》を灰皿に押しつけながら、森が店員に待ったをかける。

「食えるわ！」

「食えねえわ！」

困ったような店員に対して、彼らはあらためて注文をする。そんな掛け合いすら楽しそうで、颯太は疎外感《そがい》を覚えた。

ここにいるべきは、本当ならば颯太ではなくアキだ。

今は颯太にしか見えない彼は、楽しそうにメンバーの会話に加わっている。自分の声が届かないことを知っているだろうに、ごく自然に溶け込んでいた。

メンバーが気安く颯太に話しかけてくるのは、ステージで歌う颯太――アキに、きっと心を動かされたからだ。出逢《であ》ったばかりの、そのうえ奇妙なことを言って付き纏《まと》ってきた相手を受け入れさせるほど、アキの歌には力がある。

一緒に音楽をやっていたからこそ、メンバーは颯太のなかにアキを見つけたのだ。もちろん、本当に中身がアキだとは思っていないだろうが、面影《おもかげ》は感じ取ったはずだ。そうでなくては、メンバーだけの空間に颯太を引き連れてきたりしない。

「……カナ、来てたな」

森の言葉に、メンバー全員が嬉しそうに顔を見合わせた。

「な！」

「遅刻だったけどな」

「走ってこいっていうんだよ。山の神のくせに」

「お前それ、カナ一番キレるやつ！」

ここ一番のツボに入ったのか、アキが声をあげて笑う。

「……やっぱカナがいないとな」

重田がぼそりとつぶやけば、森とヤマケンがうんうんと頷《うなず》く。

「そういうこと」

アキもまた、颯太にしか聞こえないと分かっていながらも同意する。

「はい、お待ち！」

大量の揚げ物がテーブルに置かれる。

楽しそうなメンバーとアキから目を逸《そ》らして、颯太は揚げ物に手を伸ばした。

——結局、ライブの打ち上げは閉店まで続いた。

生温《なまぬる》い夜の風が、そっと颯太の首筋を撫《な》ぜた。

女鳥羽川《めとばがわ》沿いの道を、自転車を押しながら歩く。人通りどころか車通りもなく、外灯の明かりだけが煌々《こうこう》と光っていた。

どうにも、頭がふわふわしてしまう。居心地の悪さを誤魔化《ごまか》すよう、打ち上げで飲み過ぎた。

酔っぱらった颯太と違って、前を歩くアキの足取りはしっかりしている。ステージに立ってから今に至るまで、彼はずっと上機嫌で、子どものようにはしゃいでいた。

「あの。延長してもいいですよ。無期限に」

「無期限？」

振り返ったアキに、颯太は頷いた。

「入れ替わってるとき、何してても誰も僕のこと見えない、誰も僕に話しかけてこない」

「おー、まさに地獄……」

「天国です」

赤らんだ顔で颯太は笑った。自分で口にして、その表現が一番しっくりきた。入れ替わっているとき、颯太は安心したのだ。自分の身体がアキに乗っ取られるかもしれない、という恐怖はなかった。ただ、誰からも見つけてもらえない、亡霊のような状態が心地よかった。

はじめて、カセットテープを拾って、アキに出逢ったことに感謝した。

「天国？　……え、無期限って一生？　この先ずっと、お前の身体貸してくれるってこと？」

「その代わり、面接とか、飲み会とか、さっきみたいな無駄な人付き合いは、全部代わってください」

「え？　じゃ、俺、カナと、あいつらと、またバンドやれるってこと？」

「お好きにどうぞ。僕の時間を半分あげます。代わりに、あなたの一人の時間を半分貰《もら》います」

利害の一致だ。そうしたら誰も不幸にならない、全員が幸せになれる。

なにより、アキの歌も、アキの書いた曲も、やっぱり最高なのだ。一人で曲を作って、一人で楽しんでいる颯太にだって、それくらい分かる。

今日のライブハウスでの客の反応が、アキの音楽の価値を証明していた。

颯太ではなく、アキだからこそ、あのステージを実現できた。

たくさんのファンが、これからもアキを待っている。アキのバンドの活躍を楽しみにしている。

「!!　颯太っ！」

アキが両手を挙げて、ハイタッチしようとする。どうせ触れないことを知りながら、颯太は思わず避けてしまう。

「お前……最高だわ！」

アキは嬉しそうに笑った。苛立《いらだ》つばかりだったその笑顔が、いまは好ましいものに感じられた。

5. 虫干しとトロイメライ

颯太《そうた》とアキは『ECHOLL《エコール》』のメンバーと古本屋『栞屋《しおりや》』にいた。

親しげにメンバーを迎えた女性は、カナの母親なのだという。しのぶと名乗った彼女は、初対面の颯太のことも、まるで昔から知っている子どものように迎えてくれた。

早々にアキと交代して、颯太はぼんやりと縁側に座った。

『栞屋』は、通りに面した店舗《てんぽ》の奥が居住スペースとなっていた。このあたりでは珍しくもない、少しばかり古めかしい日本家屋だ。築年数は颯太の家より古そうで、リビングの造りは和室だった。

アキとメンバーたちは、次々と縁側に本を干していた。分厚い本を、まるでドミノみたいに立てる様子は、なんだか小さな子どもみたいだった。

そこに、ちょうどリクルートスーツ姿のカナが帰宅する。

大学の就職センターで見かけたときと変わらず、まだ就職活動を続けているのだ。ライブハウスには来てくれたが、バンドに戻るつもりはないのだろう。

「おかえりー!!」

アキの挨拶《あいさつ》に、カナは顔をしかめた。中身がアキだと知らないのだから、カナにとっての颯太は不審者でしかない。

「勝手にあげないでよ」

カナは恨めしそうに、しのぶを見た。

「おかげで早く終わりそうじゃない。みんな！　終わったらごはんにしよーね」

「うーす！」

「俺、あれ食べたい。しのぶさんの」

アキが言いかけたところで、カセットテープが回る音がする。テープの再生が終わり、アキとの交代時間が終わる合図だった。

「スペアリブ！」

颯太にしか聞こえない、アキの主張が虚《むな》しく響いた。当然、しのぶには届かない。

「ん？」

しのぶが不思議そうに小首を傾《かし》げた。

「なんでもないです。あの……この作業、なんの意味が」

アキとの入れ替わりを誤魔化すよう、颯太はカナに話しかけた。

「虫干し。こうやって、本に息をさせてあげるの。本だって、日差しを浴びて新鮮な空気吸ったら気持ちいいでしょ？」

不愛想な唇から、独特な表現が零《こぼ》れた。

もっと、理論的な説明があるだろうに、本が生きているかのように語るのだ。颯太には思いつかない表現で、そういうところに彼女らしさがあるのかもしれない。

アキなら、きっと彼女のそんなところを良く知っているのだろう。

カナの真似《まね》をして、颯太は本をパタパタと振ってみせる。すると、埃《ほこり》がたくさん舞って、思わず噎《む》せてしまった。

表情こそ変わっていないが、カナが笑いを堪《こら》えていた。

その顔に見惚《みほ》れてしまった颯太は、恥ずかしさを隠すよう、近くにある『100万回生きたねこ』という絵本をとった。

「あ、これ。子どもの頃、よく読んだ」

一匹の猫が、百万回、生まれては死ぬのを繰り返す物語だ。

いろんな猫に生まれ変わって、死ぬ度《たび》に飼い主に悲しまれながらも、その猫はちっとも悲しくなかった。

いつも飼い主を嫌っていた猫には、別れの悲しみが分からなかったのだ。

そんな猫が、初めて飼い主のいない野良猫に生まれ変わる。好きな猫と家族になって、彼女が死んで、初めて別れの悲しみを知るのだ。

やがて、好きな子の隣で死んだ猫は、二度と生まれ変わることはなかった。

「猫がひとりぼっちの野良猫になって生き生きするとこ、好きで」

いちばん好きだったシーンを説明すると、カナがきょとんとする。

「え、そこ？」

「え？」

カナは再び、笑いを堪えるように肩を揺らした。

就職活動をしていることから、学年は颯太と同じで、年齢もそう変わらないはずだ。変わらないのに、笑うのを我慢する顔が、少女のように可愛《かわい》かった。

「代われ！」

アキの声に、颯太は我に返った。鞄《かばん》に手を突っ込んで、カセットテープの再生ボタンを押す。

交代すると、アキは慣れた様子で虫干しを手伝う。迷いなく本を並べる姿に、どれだけ彼がこの行為を繰り返したのか分かった。じゃれ合うような会話だって、さきほどの颯太と違って自然なものだ。

生きていた頃のアキは、何度も虫干しを手伝ってきたのだ。

彼らは恋人で、おそらく家族ぐるみの付き合いをしていて、深い絆《きずな》で結ばれていた。アキが死んでからも、誰も二人の間に入ることはできない。

カナの視線は、ずっと颯太の身体《からだ》にいるアキへと向けられていた。

もしかしたら、死んでしまったアキを思い出しているのかもしれない。彼女はきっと、無意識のうちにアキらしい仕草、アキらしい言動を探している。

アキが死んで一年も経つのに、アキの面影《おもかげ》を探している。

そんなカナを見て胸がちくりと痛んだとき、颯太の目の前に、いまとは違う情景が広がっていく。

目の前の光景を上塗りしたのは、またアキの過去だった。

制服姿のアキとカナがいる。ふたりとも、松本《まつもと》市内にある高校の制服だ。顔立ちも、今よりも少し幼さがある。

燃えるような夕焼けが、『栞屋』の縁側に差し込んでいる。

虫干しされた本に囲まれて、アキは寝転んでいた。片耳にはイヤホンがあり、見覚えのあるポータブルカセットプレーヤーが回っている。

颯太が廃墟プールで拾った、アキのカセットプレーヤーだ。

「何、サボってんの」

カナが溜息をついて、アキの隣に座った。彼女の視線の先には、ぐるぐると回るカセットテープがある。

「ね、なんでカセットテープなの」

「あったかいだろ、音が」

「……うん、あったかくて、柔らかい」

「うちにいっぱいあって。父さんが、中学生の頃、母さんに好きな曲をあげてたんだって」

アキは起きあがって、カナの手のひらにカセットプレーヤーを載せる。自分の父親が、好きな子にそうしていたように。

「いいでしょ？　音楽を手のひらに載せてる感じ」

カナが微笑《ほほえ》んで、宙ぶらりんになっているアキのイヤホンを掴《つか》む。ふたりはそのまま、片方ずつのイヤホンを分け合って、縁側に寝転がった。

カセットプレーヤーの載った、カナの手のひらに、アキがそっと手を重ねた。カセットテープに込められた音楽ごと、ふたりは手を繋《つな》いでいる。

ふたりが聴いている音楽は、きっとアキがカナのために作ったものだ。

曲を贈ることは、音楽に人生を賭《と》したアキにとって、一番の愛情表現なのだ。

それほど執着していたからこそ、死んでしまった今でさえ、颯太と入れ替わり、音楽にこだわる。一緒に夢見たカナと、バンドメンバーを気にかけている。

自然と顔が近づいて、二人はキスをした。

風が吹いて、縁側にならべられた虫干し中の本がめくれ上がる。

幸福な恋人たちの姿を最後に、颯太の見る景色は元通りになった。

まるで映画の一場面を見ているかのようだった。アキとカナは二人で完成されていて、誰にも入り込む隙《すき》はなかった。

まだあどけなさの残る、高校生だった頃のカナを想う。

カナは、あの記憶と同じ縁側で、同じ場所に座っている。なのに、今はもう、彼女の隣にアキはいない。


虫干しが終わった頃には、もう夕方になっていた。

満足したアキは、颯太に身体を返した。

「颯太、それ持ってってって」

森《もり》の指示に従《したが》って、颯太がおかずの入ったタッパーを抱える。

素直に遣《や》り取《と》りしている様子からは、初対面の頃の険悪さは感じられない。険悪さと言っても、あれは颯太に責任があるのではなく、アキがメンバーのところに押しかけたことが原因だが。

「おいヤマケン起きろ、帰るぞ」

うたた寝してしまったヤマケンを、重田《しげた》が優しく起きあがらせる。寝起きのヤマケンは子どものようで、つい笑ってしまう。

『栞屋』を出るとき、久しぶりのカナの家に安心したのか、メンバーは昔のような明るい顔をしていた。

アキが生きているとき何気なく過ごしていた日常が、そこにはあった。

「森ちゃんのとこで飲もうぜ」

颯太の持っているタッパーを指差して、ヤマケンが上機嫌に誘いをかける。それは見送りに出てきたカナにも向けられていた。

「颯太の歌、聴いただろ？　あいつとならやれると思ってる」

「ふーん」

森の言葉に、カナは興味なさそうに生返事をした。

「もう一回、バンド、やらないか？」

「忙しいんだよね、今。色々」

言い捨てて、カナは店の中に戻ってしまう。おろおろと口を挟めずにいる颯太の後ろから、アキはメンバーの遣り取りを見ていた。

アキは知っている。カナがあんな態度をとるときは、迷っているときだ、と。

男たちは、『やまびこカフェ』に移動する。しかし、何か思うところがあったのか、森だけは真っ直ぐカフェに行かなかった。

アキが気になって追いかけると、森はカフェの向かいにある音楽スタジオにいた。

外のベンチに座って、森が煙草《たばこ》に火をつける。禁煙が叫ばれる今どきにしては珍しく、スタジオ前のベンチには小さな灰皿がある。

生きていた頃、ここでよく森と煙草を吹かした。

森はおもむろに、火がついたままの煙草を灰皿に載せた。まるで、いつもそうしている、とでも言うように。

そうして、自分は新しい煙草に火をつける。

灰皿に載せられた煙草は、森の隣で見えない誰かが吸っているかのように、黙々と煙をあげている。

「……ありがと、森ちゃん」

死んでしまった今も、アキのことを想ってくれる人がいる。だから、なおさら、与えられたチャンスを無駄にしたくなかった。

　また、みんなで音楽がしたかった。そこには、カナがいないとダメだった。

♪　♪　♪　♪　♪　♪

『栞屋』のリビングには、空《から》っぽのビール缶や食器が並んでいる。

　一年前まで、アキや彼らはよくここで飲んでいた。しのぶの料理を頬張《ほおば》って、安っぽいビール缶で乾杯していた。

「賑《にぎ》やかだったね……ひさしぶりに」

　懐かしむように、しのぶが目を細めた。心のなかを覗《のぞ》かれたのかと思った。母もまた、カナと同じように過去を懐かしんでいた。

　虫干しをしていると、アキと二人で縁側にいたときのことを思い出した。

　便利な記録メディアはたくさんあるのに、アキはわざわざカセットテープに曲を吹き込んで、いくつもカナにプレゼントしてくれた。

　彼が贈ってくれた曲たちは、いまもカナの部屋に置かれたままだ。

　今日、『栞屋』にいたのはアキではない。

颯太はアキとはまるで似ていなかった。姿かたちも、控えめでぼそぼそとした話し方も、自信のなさそうな態度も、何ひとつアキと重ならないはずだった。

なのに、ここにアキがいるかのように、錯覚《さっかく》してしまいそうになった。

ライブハウスで歌っていたときも、虫干しをしていたときも、颯太のなかにアキのかけらを探してしまう。アキの面影を見出《みいだ》してしまう。

後片付けをしながら、ふと、カナは気づく。

見たことのないスマホが、縁側に置き去りにされていた。メンバーのものではなく、おそらく颯太のものだ。

♪　♪　♪　♪　♪　♪

颯太は胃のあたりを押さえて、明日の二日酔いを心配する。

カナの家で散々飲んだというのに、『やまびこカフェ』に移動してからも、重田たちは次々とビール缶を空けた。

持ち込んだビールや料理がなくなって、ようやく満足してくれたようだが、あんなに酔った状態で無事に帰ることができたのだろうか。

後片付けをしていた颯太は、ふと、店内にあるアップライトピアノが気になった。

誰もいないことを確認して、颯太はピアノの前に座った。

最近は、本物のピアノを弾くことはなかった。弾いたとしてもDTMに使うコントローラーの鍵盤《けんばん》くらいで、実家にあるピアノは埃《ほこり》を被《かぶ》っている。

そっと、鍵盤に指を滑らせる。

浮かんだ曲は、シューマンの『トロイメライ』。

小さな頃、母に教わった曲だった。『子供の情景』というピアノ小曲集の七曲目で、ドイツ語で夢を意味する、と教えてくれたのも母だった。

思い出をなぞるように鍵盤を弾くと、カフェの呼び鈴が鳴った。演奏を止めた颯太は驚く。

店内に入ってきたのは、夕方に別れたカナだった。

「忘れもの」

カナの手には、颯太のスマホが載っていた。

「すみません」

颯太にスマホを渡してからも、カナはすぐに立ち去ろうとしなかった。

立ったままピアノに右手を載せる。そうして、颯太が弾いていた『トロイメライ』のメロディを、右手だけで繰り返した。

自然と、颯太の左手が、カナの演奏に合わせた旋律を紡《つむ》ぎ始める。同時に和音を弾く箇《か》所《しょ》で、颯太の右手が、カナの左手に触れてしまった。

咄嗟《とっさ》に、颯太は自分の手を引っ込めた。

心地よく流れていたメロディが止まって、二人の間に沈黙が落ちる。上手《うま》く言葉にできない喪失《そうしつ》感が、颯太の胸を焦《こ》がす。

このまま一緒に弾いていたい。けれども、それを伝えるための言葉が出てこない。

「……じゃ」

カナは颯太に背を向けて、店の外へ出ようとした。

「あの！　もう一回」

ほとんど反射的に、颯太は叫んでいた。自分でも驚くほど大きな声になった。

カナは呆《あき》れたような、困ったような顔をしてから、颯太の座っている椅子《いす》の反対側に腰かけた。

肩が触れ合うほどの距離に、彼女の体温がじんわり伝わってきた。その温かさに、彼女は生きているんだな、と当たり前のことを思った。

アキの死から立ち直ることができなくとも、今ここで、カナは息をしている。

二人は言葉もなく、もう一度ピアノを弾いた。

颯太と手が重ならないよう、カナは和音を弾かなかった。それでも構わなかった。楽譜をなぞるように、連弾は進んで、二人の息が少しずつ合っていく。

カナが左手でアドリブの音を入れる。譜面上に存在しない音が、颯太の心を揺らす。

負けじと、颯太もデタラメな装飾音を弾いてみせる。カナがそれに応えるよう、同じメロディを奏でた。

ふたりは微笑《ほほえ》み合う。一人一人で奏でていた音が、少しずつ重なっていく。

今なら、どんな音を弾いても、カナが応えてくれる気がした。

遊び心で、ピアノの一番低いドの音を弾く。すると、カナが笑いを堪《こら》えるように肩を震わせた。

やがて、『トロイメライ』は最後のパートに差し掛かる。

颯太がカナの左手を飛び越えて、リズムよく和音を弾くと、カナは同じように続きを演奏した。

曲の始めと同じように、二人の和音が重なる箇所に差し掛かった。今度は、カナは避けなかった。

颯太の手と、カナの手は、重なり合うように和音を弾く。

カナを見れば、彼女は穏やかに笑っていた。

「せーの」

二人は示し合わせたように、同じ掛け声を出した。

同時に、フェルマータの長い和音を弾く。ふたりは譜面にある最後の三つの音を、ゆっくり、視線を外さず、見つめ合ったまま弾いた。

ピアノの音が止んで、カフェは静まり返る。

けれども、さきほどカナが店を去ろうとしたときのような喪失感はなかった。ただ楽しくて、満たされて、二人は思いっきり声をあげて笑った。

「……じゃあ」

心地よい沈黙のあと、カナが店を出ていこうとする。

「明日！　吉井《よしい》さんのスタジオで練習だそうです！」

カナは、スタジオの練習について何も応えなかった。

去っていく彼女と入れ違うよう、森が店内に戻ってくる。その後ろには、颯太にしか見えないアキの姿があった。

（え……？）

アキの身体《からだ》が、一瞬ぶれて、その輪郭《りんかく》が崩れた気がした。

本当に一瞬のことだったので、颯太は気づくことができなかった。鞄《かばん》のなかで、カセットプレーヤーのボタンが押されていたことに。

再生ではなく、録音のボタンだった。

ランプが点滅し、サーッ、サーッと音を立てながら、テープは回っていた。


翌日。通い慣れてきた音楽スタジオで、颯太はぼんやり佇《たたず》んでいた。スタジオの隅っこで、颯太の身体に入ったアキを眺める。メンバーと楽しそうに遣《や》り取《と》りする姿は、彼が生きていた頃と同じなのだろう。

彼らの音に耳を澄ませながら、何度もスタジオの入口を見てしまう。

カナは練習に来てくれるだろうか。

そう思ったとき、回っていたカセットテープが止まる音がした。あ、というアキの間抜けな声を合図に、颯太は自分の身体に戻された。

曲が不自然に途切れて、メンバーの視線が集中する。

「ちょっと待ってください」

颯太はギターを置いて、鞄にあるカセットプレーヤーの再生ボタンを押そうとする。

「お前、ピアノも弾けんだろ」

「え？」

「こないだ、店のアップライト弾いてたし」

たしかに、森のカフェにあるピアノを、カナと一緒に連弾した。そもそも、ギターの得意だったアキと違って、颯太はピアノの方に馴染《なじ》みがあるのだ。

「マジで!?　そんな引き出しまであんの？　聴かせてよ」

ヤマケンに促されて、颯太はスタジオのピアノに追いやられる。

「おい……」

咎《とが》めるようなアキの声は、颯太にしか聞こえなかった。

颯太は少しばかり迷ったあと、鍵盤《けんばん》に手を置く。そこから動けずにいると、ヤマケンが笑顔で颯太を見た。

ここ最近、ようやく聞きなれてきた『ECHOLL』の曲を弾く。深呼吸してから、歌い始める。

「すし詰めのすべり台から
身を乗り出しながら
毎晩のように僕らは

夜空を見上げ続けた
誰かに気付かれるような僕らじゃなかったから
誰かに怒られるように大声で笑い合って」
しばらく弾いていると、全員が楽器を演奏し始める。颯太のピアノが加わったことによって、曲に新しいアレンジがされていく。
颯太はカセットプレーヤーを再生するのも忘れて、曲に夢中になった。
「真夜中の公園は天井が無い部屋みたいで
どんな事さえも叶えられる気がした
スタンドバイミー　スタンドバイミー
どうしようもないありったけに零《こぼ》し合った不安も
最後は笑いに変わってくれたように」
ずっと独りきりで音楽を作っていた。一人で作って、一人で楽しむだけで良かった、むしろそれ以外は嫌だった。
それなのに、いまの颯太は、誰かと演奏することも楽しいと感じていた。
『やまびこカフェ』で、カナとピアノの連弾をしたように。こうして、メンバーと一緒にひとつの音楽を作りあげることの気持ち良さを知った。

結局、颯太はスタジオの利用時間が終わるまで、演奏を止めなかった。

後片付けを終えて、全員でロビーに出る。突然、ヤマケンが後ろから颯太の肩を抱いてきた。

「颯太！　ピアノもスッゲーな！　下手《へた》するとギターよりいいわ！」

「はあ!?」

アキが非難の声をあげる。颯太の身体でギターを弾いていたアキにとって、プライドが傷つく言葉だろう。

生前のアキは、颯太よりもずっと長い時間、メンバーと一緒に曲を作ってきたのだから、なおのこと。

「俺らに気ぃ遣わなくていいから、思いっ切り、好きにやれよ。アキも、きっとそう思ってる」

アキが見えない、アキの言葉も聞こえないヤマケンは、颯太を焚《た》きつける。

「思ってない、一ミリも思ってない！」

生前のアキと一切関わりのなかった颯太が、ここにいる誰よりもアキの心情を分かるのだから、皮肉なものだった。

「ね、吉井さん」

仕舞いには、ロビーで待っていた吉井にまで同意を求める。

「これだろ？」

吉井の手には、見慣れないギターがあった。新品ではない。だが、大事に人事に使われてきたギターであるのは一目で分かった。

「預かってたアキのギター、よかったら使ってやって。アキもきっと喜ぶと思う」

「おっさん!!」

アキが抗議するが、当然ながら吉井にも届かない。

アキのギターを受け取る。アキが生きていた頃も、死後も丁寧に手入れされていたことが、感じ取れた。

「お前の作った曲とかないの？」

アキのことを置き去りにして、メンバーと吉井は会話を続ける。

「……一応、ありますけど」

持ってきていたパソコンを広げて、いつも使っている音楽ソフトを立ち上げる。颯太の周りに集まってきたメンバーが、後ろから画面を覗《のぞ》き込む。

「……もう帰るけど！」

拗《す》ねたアキが、荒々しい足どりで去っていく。しかし、アキを気にかける余裕が、いまの颯太にはなかった。

自分の作った音楽を誰かに聴いてもらう。そのことで頭がいっぱいだった。

颯太は、一人きりで音楽を作ってきた。出来心でインターネットにあげた曲が酷評《こくひょう》されたときから、見知らぬ誰かに評価されることが怖かった。

誰からも称賛されなくて良いから、誰からも傷つけられたくなかったのだ。

静かな空間に、颯太の作った曲だけが流れていた。

音楽が止む。冷や汗を滲《にじ》ませた颯太に、吉井が一枚の紙を渡した。

「え?」

「こないだ君の歌を聴いて、俺が全力でねじこんだ」

「また何かごり押ししたんすか?」

森が笑って、颯太の手にある紙を覗《のぞ》き込んだ。

『りんご音楽祭』。毎年アルプス公園で行われている音楽フェスのタイムテーブルだ。

タイムテーブルには赤字で修正が入っていた。無理やりねじ込まれたそこには、『ECHOLL』のバンド名が載っている。

「……また敵ばっか増やして」

ヤマケンが笑って、吉井を見る。

「去年、立てなかったステージ。今年こそ立ちてえだろ？」

吉井は悪戯《いたずら》が成功した少年のように笑った。

颯太は思い出す。アキが死んだのは、この音楽フェスの開催より前だった。

生前のアキは、このフェスのステージに立つことができなかったのだ。

♪　♪　♪　♪　♪　♪

キッチンに立って、カナはひたすらカリフラワーを刻む。壁に立てかけたレシピ本は、カリフラワーのスープのページになっている。

作るごとに一枚ずつページを捲《めく》ってきた。この本が終わったら、きっと別の料理本を試すのだろう。

アキが死んでから、バンドを続けることができなくなって、心にぽっかりと穴が空いたようだった。

その穴を埋めるように、無心で取り組める何かが必要だった。

彼が死んでからずっと、カナは前に進むことができないでいる。

バンドのことを忘れようとして、就職活動に取り組んだ。そんな自分を、どこか他人事《ひとごと》のようにも感じていた。

　包丁の音が、トン、トン、トン、とリズムを刻む。

　カフェで弾いた、ピアノの鍵盤《けんばん》を思い出す。

　シューマンの『トロイメライ』。あのとき、どうして、颯太の演奏に応えたのか、自分でもよく分からなかった。

　あのまま立ち去れば良かったのに、アキとの思い出を上書きするように、一緒にピアノを弾いてしまった。

『明日！　吉井さんのスタジオで練習だそうです！』

　時計を見る。もう夜も遅い時間で、スタジオは閉まった。『ECHOLL』のメンバーと颯太がスタジオで練習していた時間は、とっくに終わっている。

　カナは考えごとを止めて、また包丁を動かした。

　カリフラワーを刻む音にまぎれて、頭のなかを流れ始めた音楽には、気づかないふりをした。

♪　♪　♪　♪　♪　♪

アキは寂れたプールを見渡した。

いまは使われていない屋外プールは、生きていた頃、音楽に没頭したいときに訪れる場所だった。

一年前のあの日、交通事故に遭《あ》う前も、アキはこの場所でカセットテープに歌を吹き込んでいた。

「あいつら。俺がいねーと何もできねーくせに」

アキのつぶやきは、ヘッドフォンをした颯太には聞こえていないようだった。

拗ねたように、アキは廃墟プールを歩き回った。生前、何度も足を踏み入れたこの場所は何も変わっていなかった。

しかし、アキと一緒に音楽を奏でていた『ECHOLL』は変わっていく。アキが置いていった人たちは、前に進んでいくのだ。

柄《がら》にもなく感傷的になってしまって、アキは颯太の前に立った。パソコンを開いた颯太は、夢中で音楽ソフトを弄《いじ》っている。

「俺のバンドだぞ」

ヘッドフォンを外して、颯太が首を傾《かし》げた。

「なんか言いました？」

「……誰かと音楽やるのって、おもしれーだろ?」

颯太は頰《ほお》を緩《ゆる》めた。ここ最近、朝から晩までずっと一緒に過ごしているが、今まで見たどんな表情よりも柔らかい気がした。

アキは、颯太の性格も考え方も、正直なところ理解できない。ただ、彼が良い奴であることは分かっている。

「……重田さん、普段は怒りっぽいのに、ドラムの音色は」

「そ。あいつが一番、繊細」

アキは笑った。かつてアキが感じていたように、颯太もメンバーの音に同じ印象を持ったのだ。

「森さんのベースは、気持ちよくて」

「ふかふかの布団に寝っ転がってる感じな」

「ヤマケンさんは、ライブのときより練習の方が断然」

「いいだろ⁉　緊張しいなんだよ、あいつ。俺らの前でだけ最高のプレイ見せてどうすんだって。……ま、でもそこが」

「なんか、人間ぽくて……いい」

「……分かってんじゃん」

アキはゆっくりと颯太の隣に腰を下ろした。

「音楽やってると、時間って平等じゃないんだなって、思いません？」

突然、颯太が語り始める。

「なにそれ」

「いや、たとえば。ほんとうに好きな曲に出会ったときとか、これだ！　ってメロディが下りてきたときとか……歌ってるとき……誰かと音で会話できたとき……」

颯太は、言葉を探すように、ゆっくりゆっくり話した。アキは口を挟まず、黙って続きを促した。

「たった何秒かが、いつもの何十倍も濃くて、なんていうか……すごい、生きてるって感じがする」

二人は見つめ合って、弾《はじ》かれたように笑う。

「……スッゲー、分かるわ！　それ」

颯太の顔を見ると、彼もじっとこちらを見ていた。

顔はまったく似ていない。性格だって真逆だ。アキには颯太の悩みがよく分からず、颯太も同じはずだ。

けれども、音楽への感性は似ているのかもしれない。

廃墟となったプール。ここで、颯太がカセットプレーヤーを拾わなければ、二人の間に縁ができることはなかった。

思えば、拾ってくれたのが颯太で、アキは幸運だった。

アキは死んでしまった。しかし、上手《うま》くいかなかったら、上手くいかせば良い。アキはそうやって生きてきたから、死んでからも変わらない。

颯太と一緒なら、上手くいかすことができる。

「あのカセットプレーヤー、あなたがここに落としたものなんですよね。中のテープ、もともとは何が入ってたんですか？」

「……全部」

「全部？」

「バンド始めたときに使い始めたテープ。それから、新しいアイデアが浮かぶと、ここでそれに」

「でも、このテープ片面三十分しかないじゃないですか」

「そ。だから、常に、上書き、上書き」

当たり前のことを聞いてくるので、アキは首を傾げた。

「消えちゃうじゃないですか。別のテープ使えばいいのに」

「いーの。一生、あいつらとやってくって決めたから。あいつらとの時間が、この一本に全部詰まってる」

上書きしたって、消えたことにはならない。どんなに重ねたって、その時間が嘘になることはない。

ずっと一緒に思い出を上書きしていくのなら、それは永遠みたいなものだろう。

日が暮れる頃、ようやく颯太は帰り支度《じたく》を始めた。パソコンや鍵盤を仕舞って、廃墟プールのフェンスをくぐる。

颯太が自転車に飛び乗ると、当たり前のようにアキが二人乗りしてきた。

「……バンド、何がきっかけで始めたんですか？」

幽霊と二人乗りしていることがおかしくて、つい笑いそうになった。それを誤魔化《ごまか》すように、颯太は背後に問いかける。

「ああ、それは高校のとき……あれ？　……なんでだっけ」

「それだけドヤ顔で語っておいて」

「いや……なんでだ？　思い出せねえ」

あのカセットテープ一本に、『ECHOLL』というバンドのすべてが詰まっている。

そんな風に熱く語っておきながら、いざ、バンドの結成当時を話そうとすると、思い出すことができないらしい。

「幽霊が記憶喪失《そうしつ》って」

「あん？　今お前ばかにした？」

「あ、フェス、吉井さんが推してくれて、出演できるそうです」

颯太は思い出したように言う。真っ先に伝えるべきことを忘れていた。

スタジオで、颯太が吉井やメンバーに曲を聴かせているとき、アキは拗《す》ねて外に出てしまった。今年のフェスに出演できることを知らないはずだ。

吉井は、『ECHOLL』が駆け出しの頃から、ずっと支援してきたのだという。彼が開催するフェスに出ることは、アキの念願でもあったはずだ。

きっと、アキは喜んでくれるだろう。

フェスに出演できることもだが、アキの死後も、吉井がアキの遺《のこ》したものを気にかけてくれることを。

「マジで!?　ほらな！　言っただろ、俺にこじあけられない扉は」

俺にこじあけられない扉はない。

最初は鬱陶《うっとう》しく思っていたアキの口癖《くちぐせ》は、いまは不快ではなかった。活動を止めていたバンドが動き出したことも、去年は出演できなかったフェスに出られるようになったことも、すべてアキが行動した結果だ。

「いいんですか、カナさん、このままで」

「いいわけないだろ。俺は知ってんの。あいつが一番いい顔するのは、音楽やってるときだって」

去年は出場できなかったフェスのステージに、ようやく『ECHOLL』は立つ。そこには、メンバー全員が揃《そろ》わなければ意味がない。

颯太は、音楽をしているときのカナを知らない。アキの過去として見たことはあるが、いまの彼女が、あの頃のように演奏しているところを見たことはない。

アキの言う一番いい顔を、颯太も見てみたかった。すごく可愛《かわい》くて、幸せそうな顔をしているはずだ。

「……もし、カナさんが、弾きたくなるような、戻ってきたくなるような曲があったら」

「……しょうがねーな、手伝わせてやるよ！」

アキが死んでからのカナは、ずっと塞《ふさ》ぎ込んでいる。

そんな彼女に、音楽の愉《たの》しさを、『ECHOLL』で過ごした日々を、取り戻してあげたかった。

颯太だけでは無理でも、アキと一緒ならばできる気がした。

6. 星が巡るように、もう一度

それからの颯太《そうた》の日々は、あっという間だった。

たった一人きりでパソコンに打ち込んでいた音楽を、アキと一緒に作っていく。誰かと協力して曲を作るのは、颯太にとって初めての経験だった。

もともとの性格も、歩んできた道も正反対の二人だ。意見が合わなくて喧嘩《けんか》になることもあったが、カナが戻ってきたくなるような曲を作りたい気持ちは同じだったから、その喧嘩さえも心地よかった。

また、スタジオに向かえば、『ECHOLL《エコール》』のメンバーが一緒に音楽を奏でてくれる。演奏に夢中になると、時折、アキから文句を言われたが、誰かと音楽をする愉しさが、颯太の心を満たした。

合間を縫《ぬ》って行う就職活動も、以前のようなどんよりとした気持ちはない。

グループ面接では、いつものように調子よくアキが喋《しゃべ》っていた。颯太の身体《からだ》に入った彼を眺めながら、颯太はギターのコードを練習するように指を動かす。ピアノと同じくらい弾くのは難しいが、アキのおかげか、ギターにも手が馴染《なじ》んできた。

充実した日々のなか、曲は徐々に完成に近づいていく。

同時並行して、アキと一緒に歌詞を詰めていく。譜面や歌詞ノートは颯太の字だけでなく、ひどい癖のあるアキの字でもいっぱいになった。

習慣なのか、アキは歌詞を書くとき、頭に必ず『lyric』というサインを入れた。

黒い星マークに『lyric』という文字を繫《つな》げたそれは、独特のサインで、知っている人間は一発でアキが書いたものと分かるだろう。

そうしてできあがった新曲を、メンバーの前で披露する。

「めっちゃ、いいな！」

真っ先に声をあげたのはヤマケンだった。

「だろ？」

颯太にしか見えていないのに、アキは自信満々に胸を張った。

「いいよな、シゲ」

仏頂面《ぶっちょうづら》をしていた重田《しげた》は、否定の言葉を口にしない。それだけで、認めてもらえたことが分かった。

「あとはカナだけだな。データ送っとくわ」

森《もり》がパソコンからデータを取り出そうとする。

「いや。カナに聴かせるなら」

「カセットテープ」

アキの言葉に続けるよう、颯太は言った。

颯太の頭には、古本屋の縁側で寝転ぶアキとカナの姿があった。高校生の彼らは、カセットテープ越しに手を繋いでいた。

「カセットテープがいいと思います」

アキにとっても、カナにとっても、カセットテープは特別なもの。カナに——恋人に贈るなら、アキは絶対にテープを選ぶ。

颯太の言葉に、アキは嬉しそうに笑った。


リビングの時計は、もう深夜を示していた。眠たげな颯太の前には、新曲を録音したばかりのカセットテープがある。

「明日デートに連れ出して、そこで渡す」

「デート……僕とカナさんが？」

「俺とカナがだよ！　お前はギター練習しとけ。代わったとき止まるのだせえからな」

「あなたみたいにずーっと、ギター弾いている人とは違うんですよ」

アキのギターが上手《うま》いのは認める。ギターなんてろくに触ったことのない颯太とは雲泥《うんでい》の差だった。

しかし、頭ごなしに批判されるのは少しばかりむかつく。

「俺だってギター最初に触ったのは……」

そこまで言いかけて、アキが口をつぐむ。

「やっぱり、思い出せないんですか？　昔のこと」

「あいつらとバンド組む前のこと考えると……」

廃墟プールからの帰り道、バンドを始めたきっかけを質問した。そのときから、アキは時折、颯太の質問に上手く答えられないときがある。

記憶喪失《そうしつ》。忘れるとは思えないほど重要な記憶を、アキはどこかに落としてきたかのようだった。

生身の人間であれば、それこそ病院にでも連れていく。しかし、幽霊の記憶喪失なんて、どう対処すれば良いのかお手上げだった。

「……あれ？　誰かいるのか」

急に飛びこんできた声に、颯太は驚く。父親である修一《しゅういち》が、リビングにいる颯太を不思議そうに見ていた。

さきほどまでのアキとの会話が、独り言のように響いていたのだ。

「ゲーム」

颯太は咄嗟《とっさ》に、ＶＲのヘッドセットを手にした。

「ああ……ゲームか」

修一は納得してくれたようだ。ほっとしていると、修一の視線がテーブルの上にあるカセットテープに寄せられた。

「お！　カセットテープか。懐かしいなあ。知ってるか？　ゲームも、昔はカセットテープに入ってたんだぞ」

「え？」

想像もつかない話に、アキと同時に、間の抜けた声を出してしまう。

カセットテープなんて、颯太たちの世代からすると時代遅れのものだ。アキは愛用していたが、古いメディアという認識は共通している。

「あの頃じゃカセットテープが一番身近な記録メディアだったからな」

「記録メディア……」

颯太にとって、カセットテープは縁遠いものだった。存在を知っていて、なんとなくの使い方やイメージはあっても、それがどんなメディアなのか実感がない。

だからこそ、言われてはじめて、カセットテープが音楽を再生するものというより、音楽を記録するものという意識が強くなった。

アキと交代するとき再生ボタンばかり押していたから、気づくことができなかった。

カセットテープは、音楽を再生する。再生する音楽は、当然ながらカセットテープにあらかじめ記録されたもの。

「風呂沸かすな」

給湯機のスイッチを押して、修一が部屋に戻る。

「……そういうことか」

「そういうこと?」

訳が分からないのか、アキは首を捻《ひね》っていた。

颯太はアキを連れて、自分の部屋に移動する。頭のなかで、今まで感じていた疑問がすべて繋がっていく。

「ずっと疑問に思ってたんです。どうして入れ替わっているときに、あなたの過去が見えたりするのか」

最初は、『やまびこカフェ』を訪れたときだ。その後も、ライブハウスでステージに立っていたとき、『栞屋』で虫干しをしたとき、颯太は知るはずのないアキの過去を見た。

「俺の過去?　なにそれ」

「この前、言ってましたよね。このカセットテープに、バンドのみんなとの人事な思い出が詰まってるって」

「ああ」

「このテープを再生させたら、あなたが出てきたってことは、あなたって幽霊というよりは、このテープに込められた記憶が具現化したものなんじゃないかなって」

「どういうこと?」

アキは理解できないのか、渋い顔をする。

颯太はテーブルに麦茶のポットと、空《から》っぽのグラスを二つ並べた。それぞれのグラスには『人間』、『カセットテープ』と付箋《ふせん》を貼る。

「つまり。『人間』っていう入れ物に入ってる中身が『記憶』だとして」

片方のグラスを掲《かか》げて、麦茶を注ぐ。グラスが『人間』、麦茶が『記憶』だ。

「『カセットテープ』に入っている中身が『あなたの思い出』」

もうひとつのグラスにも、同じように麦茶を注ぐ。こちらはグラスが『カセットテープ』、麦茶が『アキの思い出』だ。

「イコール」

「一緒ってこと?」

『人間』=『カセットテープ』であり、『記憶』=『アキの思い出』なのだ。ならば、ここにいるアキの正体も、自ずと導かれる。

「テープに入った思い出が、俺」

だからこそ、テープを再生することで、アキが現れた。彼が颯太のもとに現れたきっかけは、廃墟で拾ったカセットテープを再生させたからだ。

「そう考えると、このカセットテープにバンドの曲を吹き込む以前の記憶がないってことも説明できます」

不思議だったのだ。どうして、アキが大事なことを忘れていたのか。

死んでからもバンドのことを気にかけて、執着しているアキならば、バンドを始めたきっかけを絶対に覚えているはずなのだ。

だが、このテープに『ECHOLL』としての思い出が詰まっているなら説明がつく。

記録されているのはバンドを始めたきっかけではない。バンドを始めてからの思い出なのだから、それより前のことは再生できない。

「お前、頭いーな！　俺が、このテープの中身、そのものねえ」

アキはテープを見つめて、納得したように目を細めた。

「なあ。カナに言ったらどう思うかな。俺がいるって」

八百屋《やおや》の袋を抱えた、カナの後ろ姿がよみがえった。彼女は一度もバンドの練習に来ていなかった。

「……信じないと思いますけど」

そう言いながらも、内心では確信が持てなかった。アキと作った新しい曲を渡したら、彼女はアキの存在に気づくかもしれない。

そうしたら、いま以上に、颯太のことなんて見向きもしなくなるだろう。カナだけでなく、メンバーだって分からない。

つい感傷的になってしまい、颯太は首を横に振った。

余計なことを考えるのは止めて祈ろう。アキと一緒に作った曲が、カナの心を動かすものであることを。

どうか、もう一度、カナが音楽を愉《たの》しんでくれるように。

♪　♪　♪　♪　♪　♪

朝日の差すキッチンで、カナは大量の人参《にんじん》を刻む。フードプロセッサーよりも細かく、ひたすら包丁でみじん切りにする。

弱火でことこと煮込んで、ポタージュに変える。

「あら、おいしそ」

しのぶが、カナの手元を覗《のぞ》き込んでくる。

「でしょ？　今日は人参のポタージュ」

「おいしーい」

しのぶに差し出すと、彼女は笑顔で褒めてくれる。

レシピ通りに作っただけだが、綺麗《きれい》なピンク色のスープからは、ほんのり甘くて優しい香りがした。

「ついにコンプリートね」

レシピ本を仕舞おうとしたとき、しのぶが言う。

スープを作るとき、台所に置いているレシピ本。

野菜スープのレシピだけ集めたそれは、もう最後のページになっていた。おびただしいほど貼られた付箋を見て、カナは作り笑いを浮かべた。

「……次は何しようかな」

母に心配をかけたくなくて、無理に明るくふるまった。

そのとき、家のチャイムが鳴った。こんな朝早い時間に珍しい、と思いながら、カナは玄関に向かった。

颯太とアキは、『栞屋《しおりや》』の前に立っていた。

珍しく緊張しているのか、アキはすぐにチャイムを鳴らさなかった。小さく息をついてから、ようやくチャイムを鳴らす。

しばらくして、玄関扉が開かれる。ラフな恰好《かっこう》をしたカナが、驚いたように目を丸くしている。

「今日、休みでしょ？　デートしよ！」

ことさら明るく、アキは笑った。生前の彼は、こんな風に、いつもカナを外に連れ出していたのだろう。

「……いいよ」

沈黙の後、彼女は小さな声で了承した。

「おっし！」

アキの声に合わせて、思わず颯太はガッツポーズをとる。これで、カナに新しい曲を吹き込んだテープを渡すことができる。

「準備してくる」

家の中に戻っていくカナは、心なしか嬉しそうだ。

彼女を見送っていたアキが、ふと、玄関傍にある窓を見た。鏡のように窓に映し出されたのは、当然だが、アキではなく颯太の姿だった。

困ったような顔で、アキはじっと窓を見つめている。

カナはデートの誘いに頷《うなず》いたが、彼女はアキの存在を感知しない。入れ替わりの事情を知らない彼女は、アキではなく、颯太とのデートに了承したのだ。

生前の恋人として、アキには何か思うところがあるのかもしれない。

突然、ガチャ、というテープの音がして、颯太は身体《からだ》に戻された。

思わず、颯太はきょろきょろとあたりを見回してしまう。

三十分が、やけに短く感じられた。カナをデートに誘うことで頭がいっぱいで、そんなに時間が経っていたことにも気づけなかった。

玄関先にいる颯太に気づいて、しのぶが奥から出てきた。

こんな早朝から訪ねてきた理由を察したのか、しのぶは手招きして、『栞屋』の奥にある居住スペースに通してくれた。

食卓に招かれて、人参のスープを出される。

アキは勝手知ったる様子で、食卓のまわりをうろついていた。生きていた頃は、恋人であるカナだけでなく、母親のしのぶとも仲良くしていたようなので、アキにとっては慣れた場所なのだろう。

湯気の立つスープは、人参のポタージュだった。緊張のあまり朝食を抜いてしまったので、温かいスープが身に染みる。

滑らかな舌触りのスープはおいしかったが、どこか機械的で、レシピ通りに作ったような味だ。なんとなく、前に『栞屋』に来たとき、バンドメンバーと一緒に御馳走《ごちそう》になった料理とは違う気がした。

あのときは、しのぶが作ってくれた料理が並んだが、たぶん、この人参スープは違う。何か言いたげな颯太に気づいたのか、しのぶは笑って、カナが作ったスープだと教えてくれた。

スープを飲み終えた食器を、しのぶが片付けてくれる。出かける仕度をしたカナが、ちょうど食卓に顔を出した。

「楽しんできてね！」

玄関先で、しのぶが全力で見送ってくれる。

デートに向かった颯太たちは、続きを聞くことはなかった。

「ごめんね、アキちゃん。生きてる人にはかなわないのよ」

寂しそうにつぶやかれた、しのぶの言葉を。

善光寺《ぜんこうじ》の参道には、柔らかな陽《ひ》が射していた。

颯太とアキは入れ替わりを繰り返しながら、カナと町を巡った。いまはちょうど颯太の番で、アキはふらふらと二人の傍を歩いている。

「おいしかったです、カナさんのスープ」

「ほんと？　お母さん以外に飲んでもらったことがないから」

「時間をかけて、だいじに、丁寧《ていねい》に作られた感じがして」

「……ひたすら野菜刻むの。そういうのなんか好きで」

想像してみて、妙にしっくりくる光景だった。それに、カナの気持ちは、颯太にも覚えがあるものだ。

「それすごい分かります。僕も小さい頃、時計分解して組み立ててまた分解してまた組み立てて、何時間でも。……無心になれる時間が、好きで」

「うん。分かるそれ。マイペースに、一人でいる時間、好き。昔から」

カナの態度には、初めて会ったときの警戒心は見られなかった。颯太が話を振っても嫌がらず、素直に応えてくれる。

颯太に向けられたまなざしも、以前よりずっと柔らかい。

「そういえば。入れ替わりの時間、短くなってる気がしないか?」

ふと、アキが囁《ささや》いた。

「……確かに」

カナに聞こえないよう、颯太は小さく返事をする。

ふたりの入れ替わりは、テープが回りきるまでの三十分だ。バンドの練習中などは、その度に再生ボタンを押してきたが、間隔が徐々に短くなっている気がした。

「コーヒー、買ってくるね」

「はーい」

カナがコーヒーショップを指差した。参道に面した洒落《しゃれ》た店は、テイクアウト専門のようで、観光客が小さな列を成している。

ショップに向かったカナを、颯太は手を振って見送った。

「おい、俺の彼女だぞ」

「……あなたの彼女、ということは、僕の彼女でもありますよね」

思わず口から出た言葉は、すとん、と胸に落ちた。

「…………は？」

「僕の身体を二人で分け合っていくんですから、彼女も二人で共有するってことですよね」

他人と同じ空間にいることが苦痛だった。彼女なんてコスパが悪くて興味もなかった。ついこの間までそんな風に言っていたことが、今の颯太には信じられなかった。

アキの言ったとおり、コスパとか、そういう問題ではなかった。こんな風に、心地よい時間を他人と共有できることを、颯太が知らなかっただけだ。

カナとなら、上手《うま》くやっていける気もしている。

どちらかというと、彼女はアキよりも、颯太と近い性格なのだろう。

一人で黙々と何かをすることが得意。逆に、アキのように強引に誰かを巻き込んだり、物事の中心に立つことは苦手。

似ているところがあるなら、仲良くすることもできるはずだ。

「……そういうことじゃないだろ！　……あ、お前、俺に一生身体貸すって、そういうこと!?」

アキの叫びに、颯太は耳を塞《ふさ》ぐ。

近辺を歩き回った二人は、善光寺の近くにある公園で涼んだ。平日の公園は、人も疎《まば》らで、あまり込み合っていない。

歩き回って疲れたのか、カナは木陰のベンチでうとうとしていた。

その隣に、颯太が寝転ぶ。とはいえ、いま身体に入っているのはアキなので、颯太は外側からそれを眺めているだけだ。

姿かたちは颯太なのに、不思議と別人に見える。颯太とカナが並んでも、傍《はた》からは友人止まりにしか見えないのだろうが、中身がアキならば話は別だ。

カナを二人で共有する、なんて言ったが、どんな姿をしていても、カナの恋人にふさわしいのはアキだった。

アキは恐る恐るといった様子で、カナの指先に触れた。アキが生きていた頃、隣でずっと鍵盤《けんばん》を弾いていた指を、宝物のように撫《な》でる。

アキの一挙一動が、颯太の胸に響いた。

見てはいけないと思いながらも、死に別れた恋人たちから目を離すことができない。

そのまま、アキはそっとカナに顔を寄せる。

閉じた唇にキスしようと瞬間、カナが目を開いた。

二人は黙り込んで、吐息が触れそうなほど近くで見つめ合っている。

そのまま、アキは動こうとしなかった。自分が颯太の身体を借りていることを思い出して、それ以上は続けられなかったのだろう。

カナには、颯太とアキの入れ替わりなんて分からない。

もし、カナが拒《こば》まなかったら、それは彼女がアキではない男——颯太を受け入れたことになってしまう。

何もしないアキにしびれを切らしたのか、カナは起きあがる。

「……新曲、作ったんだ」

アキも起きあがって、新曲のカセットテープを差し出した。カナは何も言わず、テープをじっと見つめる。

「フェスで、一緒にやろう」

去年のフェスが開催される前、アキは交通事故で死んだ。彼にとって、このフェスに出ることは重要な意味があるのだ。

死んでから、もう一度与えられた機会だ。再び『ECHOLL』が動き出した今、そこにはカナがいるべきだ。

「……フェスには出ない。バンドはもうやらない」

「カナがいなきゃ意味がない」

「もともと向いていなかったの。音楽でやっていこうなんて思ってなかったし。なのにいつも……あいつのペースに巻き込まれて」

「……『あいつ』、って」

「今の生活の方が、私には合ってる。もう忘れたの。前に進みたい」

前に進みたい。カナにとって、アキは過去のことで、終わったことなのだ。

残酷《ざんこく》な言葉だ。だが、無理もない、と颯太は思った。カナだけではなく、『ECHOLL』のメンバーにとっても、アキは過去のものだった。

死んだ人間は生き返らない。たとえ、颯太の中にアキがいたとしても、その事実だけは覆《くつがえ》らない。

大切な人が死んでも、世界は当たり前のように巡る。

どれだけ遺《のこ》された傷が深くても、いつまで経っても治らなくても、過去に戻ることができない限り、前に進むしかなかった。

「カナ。俺、本当は……」

アキが、カナの頬《ほお》に手を伸ばした。

瞬間、ガチャ、という音がして、カセットテープの再生時間が終わった。

「……あの」

身体に戻された颯太は、真正面からカナのまなざしを受けた。ひどく哀しげで、苦しそうだった。

どんな言葉も、いまのカナには届かないと思った。彼女が傷ついていることは分かるのに、その傷を覆《おお》ってあげることもできない。

カナが求めているのはアキだ。だから、颯太には、どうやったら彼女が笑ってくれるのか分からない。

「……帰るね」

カナは、新曲の入ったカセットテープを受け取ってくれなかった。颯太をベンチに置き去りにして、彼女はバス停に向かった。

あたりを見渡せば、今にも消えそうな儚《はかな》い顔で、アキが佇《たたず》んでいる。通り過ぎていくカナを引き留めるように、堪《たま》らず、アキが歌い始めた。

カナには聴こえなくとも、届かなくとも、彼は声を張りあげていた。

「すぐそばで笑えるのに
ここからじゃ遠すぎて
この歌も　この声も
風のようには届かない」

頬を撫《な》でる風が、木々のざわめきを作り、アキの歌声に色を添えていく。夕暮れの赤に照らされながら、アキは歌いあげる。

「『もう一度』と願っても　虚《むな》しさが星に紛《まぎ》れる
風になびかれても　もしも奪われても
この気持ちは生きてく」

まるで泣いているようだった。涙はなくとも、その歌にはアキの気持ちが溢《あふ》れている。
どれだけカナを想って、大事にしてきたのか、痛いほど伝わってくる。
ふたりは今も想い合う恋人で、颯太には入ることのできない絆《きずな》で結ばれている。

「誰よりずっと　まだずっと
今日だって想ってるんだよ
目を閉じればいつだって
君を抱きしめているのに
ただ風だけが君の涙を撫でてる」

カナが足を止める。聴こえてはいないだろうに、振り返って涙ぐんでいた。颯太だけは、二人の視線が交わっていることを知っていた。

「連れていきたいところがあるんです」

気づけば、颯太はカナを引き留めていた。

アキの歌が届かないならば、颯太がそれを届けたかった。

♪　♪　♪　♪　♪　♪

連れていきたいところがあるんです、と言ったとき、カナは拒まなかった。そのまま、颯太は廃墟となったプールまで、カナを連れてきた。

すでに日が暮れて、夜の闇が広がっていた。街灯の明かりがわずかに届くだけの場所には、木々のざわめきだけ響く。

「たまに来るんです」

「一人で？」

カナの疑問は当然だろう。好き好んで、こんな場所を訪れる人間の方が珍しい。彼女はきっと、アキがこの場所を使っていたことも知らない。

「星がよく見えるから」

プールサイドから、飛び込み台への階段を登る。

こんな人気《ひとけ》のない場所まで連れてこられたのに、彼女の顔に警戒心はなかった。颯太を信頼しているというより、颯太のなかにアキがいたからだろう。

座り込んで空を見上げると、カナも同じようにする。二人は背中合わせになって、夜空を見上げた。

颯太は小さく息を吸って、ゆっくりと語り始める。

「……僕の母……ピアノの先生だったんです。中学のときに、亡くなって」

だから、颯太の家には母親がいない。もう十年近く、父と二人きりだった。

颯太にとっての音楽の始まりは、母が教えてくれたピアノだった。

顔も、声も、思い出も、どんどん忘れていった。実家のピアノだって埃《ほこり》を被《かぶ》って、もう何年も開くことができないでいる。

それなのに、今でも時折、母の弾いたピアノを思い出すのだ。

母に教えてもらった音楽を手放せなくて、一人きりでも黙々と曲を作り続けた。MIDIコントローラーだって鍵盤の型を選んでしまった。

「担任が、みんなに言ったんです。あいつ、可哀《かわい》そうだから、仲良くしてやれって。それで特に親しくもない人たちが話しかけてきたり。なんていうか、僕は放っておいて欲しかった。そういうとき、ここでひたすら、星の数、数えてた」

中学校のときの担任の顔は、もう憶えてもいない。あのとき話しかけてきたクラスメイトたちのことも忘れてしまった。

けれども、そのときの記憶は、今でもしこりのように胸にある。繰り返し思い出しては、息苦しくなった。

彼らに悪意があったわけではない、と今ならば分かる。可哀そうという言葉も、優しくしようとしてくれたことも、悪感情からのことではなかった。

みんな、颯太に手を差し伸べようとしてくれただけだった。

だが、あの頃の颯太には、彼らの厚意を受け入れるだけの余裕がなかった。今もきっとない。友人は要らない。他人との付き合いで自分の心を踏み荒らされたくない。

そんな風に思い始めたのは、あの頃からだった。

「……つまんないことで喧嘩《けんか》して、それが最後」

カナが、ぽつりとつぶやく。

アキが死んだときのことを話している、とすぐに気づいた。

颯太は、アキの死を過去の報道記事でしか知らない。

アキが、どんな風にバンドのメンバーたちと死に別れたのか、当時の彼らがどんな状況だったのか、当事者の口からはっきりと聞くことは初めてだった。

「なんでもいいの。走ったり、野菜刻んだり、夜中まで映画観たり……なんかしてないと

「……」

涙ぐんで、カナは声を震わせる。颯太よりもずっと華奢《きゃしゃ》な身体《からだ》が、さらに小さく、か弱く見えた。

「なんかしてないと……おかしくなりそう。一秒でも時間が空いたら、考えちゃうから。もう、二度と……アキに。アキに……もう会えないんだって」

アキの名を口にした途端、カナは泣いていた。

一年。長いのか短いのか、颯太には判断できない。しかし、それだけの時間が流れてもなお、カナの心はアキでいっぱいなのだ。

いっぱいだったからこそ、別のことで気を逸《そ》らすしかなかった。

「誰かと一緒に音楽をやる楽しさも、仲間も、全部、アキがくれたから。一つだって忘れたくない……アキがいないとダメなの」

泣きながら、まるで血を吐くように、カナは自分の気持ちを打ち明けた。

そんな彼女に、颯太の胸は締めつけられる。

アキが死んでからずっと、彼女は泣くこともできずにいたのかもしれない。

喪《うしな》った男の存在があまりにも大きすぎて、呆然《ぼうぜん》と立ち尽くして、ずっと前に進むことができずにいた。

颯太はためらいがちに手を伸ばし、カナの肩を抱いた。

「いいじゃないですか。忘れなくても」

カナを心配して、アキのことは忘れなさい、と言った誰かがいるかもしれない。けれども、この廃墟で星を眺めていた颯太は思うのだ。

「星って、一度は離れてもときが経てば巡って、また同じ位置に来るでしょ？　そんな風に、大事な人も、大事なことも、たぶん、消えたりしないんだと思うんです。小さい頃、母に教わった曲を、またカナさんと一緒に弾けたみたいに」

夜のカフェで連弾した『トロイメライ』が、颯太の頭のなかに流れる。

もう二度と、あんな風にピアノに触れることはないと思っていた。母との思い出をなぞるような、あの優しい演奏は、颯太にとっては奇跡みたいだった。

あのとき、颯太の心は救われた。

同じように、カナの心も救われてほしい。ずっと泣くこともできずにいた彼女は、颯太と変わらない年頃の、こんなにも小さな女の子なのだ。

（どうしたら、カナさんは笑ってくれるんだろう）

アキの過去を見てきたから、颯太は知っている。

むかしのカナは、あんなにも楽しそうにピアノを弾いていた。アキの隣で、バンドメンバーと一緒に音楽を愉《たの》しんでいた。

もう一度、あんな風に笑ってほしかった。それはアキだけでなく、颯太自身の願いでもあった。

颯太の肩に、そっとカナの頭が載せられる。すがりつくように、カナが嗚咽《おえつ》を漏《も》らしていた。泣きじゃくる女の子に、どうやって寄り添えば良いのか分からなかった。

だから、颯太はそっとカナを抱きしめた。

寄り添うように抱き合う二人から、アキは目を逸らす。

自分が死んだことで、カナがどんなに傷ついて、どんな痛みを抱えて、どんな風に過ごしてきたのか。

アキは、そのことに思いを馳《は》せることができなかった。

バンドが解散するのが嫌だった。また、皆と、カナと一緒に音楽をやりたかった。だから、立ち止まっているカナのことが歯がゆくて、急《せ》かしてしまった。

ふと、アキは颯太の隣に置かれたカセットプレーヤーを見た。

いま、アキは颯太の身体に入っていない。それなのに、中に収められているカセットテープが回っている。

沈んだボタンは、再生ではなく、録音のボタンだった。

颯太は言った。アキは、幽霊というより、テープに込められた記憶が具現化したものではないか、と。

ならば、新しい何かがテープに吹き込まれたとき、アキはどうなるのか。

「……！」

アキは咄嗟《とっさ》に、自分の身体を見下ろした。

青白い光が纏《まと》わりついている。火花を散らしたように走る光は、アキの身体で瞬いて、その輪郭《りんかく》を曖昧《あいまい》にしていった。

まるで、自分の存在が揺らいで、薄らいでいくように。


カナが『栞屋』に着いたとき、時刻はもう真夜中だった。

「……あの。これ」

家まで送ってくれた颯太は、ポケットからカセットテープを取り出した。

カセットテープに曲を込めるのは、生きていた頃のアキと同じだ。

中には、颯太が作ったという曲が収められているのだろう。この曲を持って、『ECHOLL』のメンバーと颯太はフェスに出る。

死んだアキと出ることは叶わなかった場所に、アキがいないのに立つ。

カナ以外の皆が、アキの死から立ち直って、前を向き始めていた。それはきっと喜ばしいことなのに、カナには決心がつかない。

アキがいなければ『ECHOLL』というバンドは生まれなかった。なのに、アキがいなくなった後も『ECHOLL』は続いていくのか。

「聴かなくていいです。でも……持っててもらえませんか。みんな、カナさんのこと想ってるから」

黙り込んだカナにテープを渡して、颯太は踵《きびす》を返した。

みんなカナを想ってる。そのみんなに、死んだアキは入っているのだろうか。

自分の部屋に戻って、カナは颯太から渡されたカセットテープを掲《かか》げる。ケースを開くと、中には歌詞カードとコード譜があった。

こんな風に曲を贈られるのは、アキが死んでから、初めてのことだった。

歌詞カードを開いて、カナは顔をぐしゃぐしゃにした。

歌詞の頭に、見覚えのあるサインがあった。黒い星マークに『lyric』という文字を組み合わせた独特のサインは、アキが書いたものとそっくりだった。

まだ『ECHOLL』の皆が、アキを含めて楽しく過ごしていたとき。

誰よりも多く、アキの書いた譜面や歌詞カードを見てきた。森のカフェで作曲しているとき、カナに贈ってくれた数々の曲の歌詞カード、繰り返し見てきたから間違うはずがなかった。
（アキ）
この独特のサインは、アキにしか書けないものだ。

どうして、颯太の書くサインがアキとそっくりなのだろう。偶然の一致とは思えない。まるでアキが乗り移ったようで――。

（アキ。あなたなの？）

忘れなくても良い、大事なものは消えたりしない、と颯太は教えてくれた。星が巡るように、一度は離れても、また巡ってくる。

ならば、アキだって、もう一度カナのもとに巡ってくるのではないか。

♪　♪　♪　♪　♪　♪

翌朝。ギターの調整をしながら、颯太はスタジオの扉を見た。

結局、練習の時間になってもカナは現れなかった。いつもどおり颯太と『ECHOLL』のメンバーだけが、フェスの練習のために集まっている。

「カナ、曲聴いてなんて?」

「多分、聴いてもらえてないと思います」

森の質問に、颯太が力なく答えた。

廃墟プールで泣いていた彼女を思えば、アキの死を受け入れるにも、新しい一歩を踏み出すにも難しい気がした。

あのとき、カナの悲しみに寄り添ってあげたいと思った。泣いている彼女の涙を拭《ぬぐ》って、少しでも苦しくないようにしてあげたかった。

けれども、彼女が求めているのは颯太ではない。死んだアキだけが、彼女に寄り添って、前を向くための力を与えられる。

颯太には、苦しんでいる彼女を無理やり引きずり出すことはできなかった。

「フェスまで時間ないぞ」

「……カナとなんかあったのか?」

森は心配そうに眉《まゆ》をひそめる。しかし、彼らに言えることは何もなかった。

黙り込んだまま、颯太はリハーサルの準備を進める。颯太を気遣ったのか、それ以上の追及はなかった。

メンバー全員が、それぞれの楽器で音出しを始めた。

視界の隅に、スタジオを歩き回っているアキがいた。颯太のリュックの前で立ち止まった彼は、中にあるカセットプレーヤーを覗《のぞ》き込んでいるようだ。

ギターの音を出しながら、颯太は目を見開く。

アキの身体が青白く光った気がした。火花のように散った光が、アキの腕を、身体を走っていく。

ただ、その現象は瞬きのうちに治まったので、颯太は気づくことができなかった。

リュックのなかで、カセットテープが回っていることを。沈んだボタンが、いつのまにか再生ではなく録音となっていたことを。

「じゃ、通しで。頭から」

ヤマケンの合図に、颯太はリュックの近くまで移動する。アキと交代するために、リュックに手を伸ばし、カセットプレーヤーを摑《つか》んだときのことだった。

スタジオの扉が開いて、黒髪の女性が飛び込んでくる。

（カナさん？）

驚きのあまり、颯太は声をあげることもできなかった。

新曲のテープを渡した。だが、アキの死が、どれだけ彼女を傷つけたのかを思えば、彼女がバンドに戻ってきてくれる自信はなかった。

アキと一緒に作った曲を聴いて、ここまで来てくれたのだろうか。

「カナっ！　おっしゃー、これでみんな揃《そろ》ったな！」

ヤマケンが子どものように歓喜する。

「おせーんだよ」

素直ではない重田の言葉からも、カナを歓迎していることが伝わってくる。颯太やアキと同じように、『ECHOLL』のメンバーも彼女のことを待ち望んでいた。

「おかえり。……カナ？」

しかし、カナはメンバーに応えず、まっすぐ颯太のもとに来た。

彼女は颯太の手を摑んで、ぐいっと上にあげる。颯太の手には、アキの持ち物であったカセットプレーヤーがある。

「……なんで？」

カナの問いには、責めるような響きがあった。

何度もアキの過去を見てきた颯太は知っている。ところどころ傷ついたカセットプレーヤーは、カナにとって馴染《なじ》みのあるものだ、と。

生前のアキは、このプレーヤーを使ってカナに音楽を贈った。彼女には、これがアキのものだと分かるのだ。

「なんで、これ、持ってるの?」

「……これは……たまたま」

「アキなの?　いるんでしょう?　アキ」

森も重田もヤマケンも、そして颯太ですら黙り込むなか、カナは続ける。

「バカみたいだけど……一緒にいると、時々……そばにいる気がして」

カナの目に、アキの姿は映っていない。それでも、彼女はアキの存在を確信し、アキを見つけてしまった。

「アキ。アキ。ずっと会いたかったんだよ」

カナはすがるように、颯太の腕を摑んだ。

「颯太、代わって」

颯太は唇を嚙《か》んだ。両耳を塞《ふさ》いで、何も聞かなかったことにしてしまいたい。死に別れた恋人たち、二人ともの声が聞こえてしまうのは、この場所では颯太だけだった。

「何言ってんだよ、カナ」

森が咎《とが》めても、カナは動かなかった。意志の強そうな目が、颯太の向こう側にいるアキを炙《あぶ》り出そうとしていた。

「代われって」

懇願《こんがん》するアキの声が、どこか遠くに聞こえた。颯太は手に持ったカセットプレーヤーの再生ボタンを押すことができなかった。

ここで代わってしまったら、皆、アキの存在を信じるのだろうか。

「しっかりしろよ！　アキはもういねーんだよ！」

顔を歪めて、森が颯太からカナを引きはがす。

「でも」

「……分かるよ。気持ちは分かるけどさ！　死んだ奴いつまでも引きずったってしょうがないじゃん」

ヤマケンは無理して明るく言う。ヤマケンの言うとおりだ、と以前の颯太ならば思っただろう。

だが、此《こ》の世《よ》に留められたアキを知っている。いまのアキは、きっと引きずってほしいと思っている。

「アキ……」

カナが呼んでいる。けれども、それは颯太ではなかった。

「……僕は」

喉《のど》が痛いくらいに渇《かわ》く。なんとか絞《しぼ》り出した声は苦しげに震えた。

「僕は、アキさんじゃない」

耐え切れず、颯太はスタジオを飛び出した。

「颯太、待てって！」

振り返る勇気はなかった。ただ、『ECHOLL』のメンバーからも、カナからも、何よりもアキから逃げ出したくて、颯太は自転車に飛び乗っていた。


廃墟プールには、いつもと変わらず人気《ひとけ》がなかった。

更衣室の古びたロッカーに寄りかかって、颯太は膝を抱える。迷子になった幼い子どものように、途方に暮れてしまう。

カナは、颯太に向かって、アキ、と呼びかけた。彼女の目には、颯太のことなんて少しも映ってはいなかった。

「何逃げてんだよ」

顔を上げると、いま最も会いたくない男がいる。

「別に逃げてなんかないですよ」

「で？　またここで、星でも数えんの？」

アキは呆《あき》れたように肩を竦《すく》めると、颯太の正面に立った。

「……は？」

「いーよな。何かあったら、すぐ自分の世界、逃げ帰って一人で自分に『いいね！』押してりゃ、傷つかねーしな！　ダッセエ」

「あんたにそんなこと言われる筋合いねーよ！　偉そうなこと言っていつも人を巻き込んで、結局、一人じゃ何もできないだけだろ」

颯太が叫んだ。こんなにも声を荒らげるのは、人生で初めてのことだった。

「は？」

「誰かと群れてないと、自分の存在確認できないあんたの方が、よっぽどダッセエって言ってんだよ！　分かれよ……自分のしてることが、カナさんのこと、傷つけてるって」

アキが死んでしまったことが、どれだけカナを傷つけたか。

アキがいない『ECHOLL』が再び動き出したことが、どれだけ彼女を苦しめたか。

バンドは解散した、とカナが言ったとき、アキはそれを認めることができなかったのだろう。彼にとっての『ECHOLL』は一生続くはずだった夢で、それだけの覚悟を以《もっ》て作りあげたバンドだ。

けれども、あのまま解散した方が、カナは幸せだったのかもしれない。

少なくとも、これ以上、死んだアキのせいで苦しむことはなかった。

「いくらでも代わってやるよ。言えばいいだろ。カナさんにもみんなにも。あんたがいるって。そしたら全部解決する」

入れ替わりを始めた頃では無理だった。だが、颯太の身体《からだ》を借りて、一緒に音楽をやってきた今ならば、荒唐無稽《こうとうむけい》な話も信じてもらえるかもしれない。

彼らの間には、颯太の立ち入ることのできない絆《きずな》がある。

「……見てみろよ、そのテープ」

アキは力なく笑った。

「は？」

颯太はプレーヤーから、カセットテープを取り出した。拾ったときは真っ黒だったカセットテープの大部分が透明になっていた。

「！　……これって、どういう……」

「こないだ、言ったろ。このテープが、俺の思い出だって。それが、消えたってことじゃねーの？」

以前、颯太は仮説を立てた。

アキは幽霊というより、カセットテープに込められた記憶そのものだ、と。だから、カセットテープを再生し、颯太の身体を借りなければ、アキはこの世と関わることができなかった。

記憶――テープに記録された思い出は、再生されなければ、ただそこに在るだけのものだから。

「消えたって……なんで」

颯太には、本当に思い当たることがなかった。どうして、カセットテープが透明になってしまったのか、何が起きているのか想像もできない。

「……上書き」

「上書き？」

「お前だよ。お前と、お前に入った俺が、新しい記憶を作った。カナやあいつらと。カフェで、スタジオで、プールでも」

このカセットテープは、アキがバンドを結成したときに使い始めたものだった。片面三十分しかないテープは、常に上書き、上書きを繰り返した、と聞いている。

メンバーと過ごした時間が、『ECHOLL』というバンドの全部が詰まっている。

ならば、アキが死んだ後だって、新しい思い出が重なっていくのは当然だ。アキの作った『ECHOLL』は、今も続いているのだから。

「……じゃあ……もし、このテープが全部透明になったら」

「俺が、テープに入ってた思い出そのものなら、全部上書きされたときに、消えるんじゃねーの?」

颯太は言葉を失くした。

いつも自信に満ちたアキが、苦しそうに目を伏せる。その表情には、自らの境遇に対する失望と、遣《や》る瀬《せ》無《な》さだけがあった。

自分の存在が上書きされて、消えてしまう。

そんな残酷《ざんこく》なことを口にして、アキは廃墟プールを去った。その背中を追いかけることもできず、颯太は廃墟プールに取り残された。

手にしたカセットテープは、もうほとんど透明になっている。これ以上『ECHOLL』としての時間が重なっていけば、アキは上書きされ、二度と会えなくなる。

音楽なら、一人で作って、一人で楽しんでいれば良かった。

美しいメロディが浮かんだとき、たった一人きりで音楽の世界に没頭している間だけ、生きづらさが薄くなった。

だが、もう、そんな自分に戻ることはできない。

颯太は知ってしまった。誰かと一緒に音楽を奏でる喜びを、曲を作る楽しさを、アキが教えてくれた。

いつのまにか、アキが作りあげた『ECHOLL』のことを好きになっていた。アキと一緒に曲を作って、メンバーと過ごした時間は、颯太にとって失うことのできないものになっていた。

アキが作り、メンバーが守ろうとしている『ECHOLL』を失いたくない。いまは難しくても、傷ついたカナが、いつか戻ってこられる場所にしてあげたい。

だが、そのためには、アキの存在を上書きしなければならない。

バンドを続けるのならば、アキは消えてしまう。アキを守るためには、『ECHOLL』として新しい時間を重ねるわけにはいかない。

(どうして)

もう、颯太が望むように、全員で音楽を続けることはできない。

アキは颯太を置き去りにして、廃墟プールを出た。

生まれ育った松本《まつもと》の街を、あてもなくさまよう。アキが死んだ頃とまったく同じと思いたかった景色は、少しずつ変わっていた。

繁華街《はんかがい》にさしかかると、楽しそうな話し声が鼓膜《こまく》を揺らす。

すれ違う人々は、アキの存在に気づくことなく、通り過ぎていく。

アキと同年代の若者たちが、笑顔でじゃれ合っている。なかには、アキとカナのような恋人たちもいた。

自然と繋《つな》がれた手は、離れぬよう固く結ばれていた。

羨《うらや》ましくて堪《たま》らなかった。アキにはもう、触れたいときに触れることも、話しかけたいときに話しかけることもできない。

最初から分かっていたことだ。颯太が人生の半分だけ身体を貸してくれても、その時間、宮田《みやた》アキとして存在できるわけではない。

アキが一緒に作った音楽とて、颯太の作ったものとして世に出る。アキの存在は認められることはない。

このまま上書きされて、消えてしまうのならば、いまここにいるアキはいったいなんなのだろうか。

「……なんでだよ……ふざけんなよ」

嘆《なげ》く声は、誰にも届かなった。それでも、声を張り上げずにはいられなかった。

「いるんだよっ!! 俺、ここにいるんだって!!」

たとえ、カセットテープに記録された思い出でしかなかったとしても。

いまここで傷ついて、叫んでいる自分は嘘ではないだろう。身体がなくたって、今もここで息をしている。

繁華街の中心で、アキは打ちのめされた。

遠くで太陽が沈む。茜《あかね》色に染まった空は、すぐさま夜の闇にかき消される。星の見えない夜空は、まるで今のアキの気持ちを映しているかのようだった。

7. はじまりの記憶

ふらふらと、まるで吸い寄せられるように、アキはスタジオまで来た。

森《もり》、ヤマケン、重田《しげた》の三人しかおらず、颯太《そうた》の姿がない。きっと、カナがスタジオに押しかけ、アキの名を呼んだときから、颯太はスタジオに来ていない。

「返信は?」

森がトークアプリのグループを表示する。どれだけ三人がメッセージを送っても、颯太は沈黙を守ったままだ。

既読マークはついているが、スタンプすら返ってこない。

「これえ。あ、きた!」

ヤマケンの声に、三人が同時にスマホの画面を見た。アキもそれを覗《のぞ》き込む。

バンドのグループトークに、颯太からのメッセージが入っていた。

『フェスには出ません。バンドも辞めさせてください』

簡素なメッセージの後、颯太はすぐさまグループを退室した。

「……またかよ。……結局また壊れんのかよ、俺たち」

力なく、ヤマケンが床に座りこんだ。

耐え切れなかったのか、重田がドラムスティックを力任せに床に投げつけた。彼はそのまま練習を放り出し、スタジオを去っていく。

アキは重田を追いかけるよう、スタジオを出た。彼がどこに向かうのか分からなかったが、次第に、行き先は知れた。

馴染《なじ》みのある古本屋――カナのいる『栞屋《しおりや》』へと、重田は入っていく。

店の奥にある居住生活スペース。本を虫干しするときに使っている縁側に、カナがぽんやりと座っていた。

彼女の視線の先には、『100万回生きたねこ』の絵本があった。

「……あれから、颯太とは？」

突然訪ねてきた重田に、カナは口を閉ざしている。

「バンド辞めるらしい」

「え……」

「あいつ、アキじゃねーけどさ。あいつの背中見ながら叩いていると、なんかほっとするんだ」

それだけ言って、重田は嵐のように去っていく。

カナは縁側から動こうとせず、夜になるまでずっとそこにいた。彼女は切なそうに、じっと夜空を見上げている。

満天の星が瞬く、美しい空を。

そんなカナに、アキは手を伸ばした。触れることができなくとも、そうせずにはいられなかった。

「ごめん」

カナがポケットから、新曲のカセットテープを取り出した。

「……ごめん颯太」

呼ばれた名前は、アキのものではなかった。

彼女はカセットテープを握りしめて、家の中へと戻った。アキは遣る瀬無さでいっぱいになり、カナを追いかける。

自分の部屋で、彼女は大粒の涙を流していた。手の甲で乱暴に涙を拭《ぬぐ》いながら、棚《たな》に並べられたカセットテープを取り出しては、小さな箱に詰めている。

それは、アキが彼女に贈ったカセットテープたちだった。アキが彼女のために作った音楽が、何本にもわたって収められている。

カセットテープは、二人にとって特別なものだった。

付き合う前も、付き合ってからも、カナに音楽を贈るときは、カセットテープに込めてきた。音楽を吹き込むだけなら、カセットテープより便利なメディアがあるのに、どうしてもそうしたかった。

大好きなカナには、あったかくて、柔らかい音を贈りたかった。

ふと、カナが手を止める。彼女の手には、『2013 RINGOFES.SETLIST』と書かれたカセットテープがあった。

アキたちが高校生だったときのフェスのセットリストだ。

カナは押入れからカセットプレーヤーを引っ張り出す。セットされたカセットテープが、ゆっくりと再生される。


アキの目に、過去の情景が映り始める。


懐かしい景色は、六年前のフェスのものだった。

高校二年生のアキが、アルプス公園の山道を駆けのぼっていた。全力疾走しているアキの横を、見知らぬ少女が追い越していく。

まだ知り合ってもいなかったが、その女の子はカナだった。

いちばんの高台にあるステージは、大勢の客で賑《にぎ》わっていた。なんとかステージのすぐ傍まで出て、アキは立ち止まる。隣には、大きく手でリズムをとり、夢中になって音楽を聴いているカナがいた。

その横顔から、アキは目を離すことができなかった。

やがて、遅れてきたヤマケン、森、重田がアキの隣に並んだ。五人は一列になって、ステージを見つめ、溢《あふ》れる音に耳を澄ませた。

アキは右側の仲間を見つめ、それから左側のカナを見る。ステージに夢中になった五人は、このとき同じ感動を共有していた。

だから、アキは——。

カナの家を出て、アキはまたあてもなく歩く。『やまびこカフェ』の前を通り過ぎたとき、派手なポスターが目につく。

2019 RINGOFES.

ポスターには、去年と変わらず『ECHOLL《エコール》』の名前がある。

アキは目を伏せて、それから何かを決意するように顔をあげた。


自分の部屋で、颯太はぼうっとしていた。

廃墟プールで別れて以来、アキは姿を見せなかった。付き纏《まと》われることもなくなって清々する。そんな風に強がっても、颯太の気持ちは晴れなかった。

机の上には、アキと一緒に書いた新曲の歌詞カードがある。どうしてか、ずっと仕舞うことができず、何度だって読み返してしまう。

アキと作った曲だけでなく、『ECHOLL』で演奏していたすべての曲が頭から離れない。いつのまにか、颯太の生活には彼らとの音楽が溢れていた。

スマホの通知ランプが光って、颯太はメールアプリを起動する。

明日は、志望企業の最終面接が控えている。

颯太ではなく、アキがつかみ取ってくれた機会だった。そして、この分では、アキは最終面接には現れない。

「それでいいわけ？」

突然、アキの声がした。しかし、颯太は振り返ることができなかった。

「別に一人でも音楽は作れるし」

「お前はそうやって、このままカナと、あいつらと、一生、二度と会えなくて、それでいいのかって聞いてんだよ」

カナの顔が、『ECHOLL』のメンバーの顔が浮かんで、颯太は動きを止める。

「……元の生活に戻るだけだし。……カナさんが必要としてるのは！」

颯太ではない。颯太に向かって、彼女は言ったではないか。

『アキ。アキ。ずっと会いたかったんだよ』

会いたかったのはアキだ。颯太では彼の代わりにはなれない。

「お前だよ！」

アキの声は震えていた。いつも自信満々で、人の都合など考えなくて、やりたいように生きている男だと思っていた。

そんな彼が、打ちのめされたような顔をしている。

「あいつらが必要としてるのも」

「……じゃあ、どうしろって言うんだよ！　僕がこれ以上、カナさんやみんなと会ったら。あなたが消えてしまうんですよ？　それでいいんですか？」

「……思い出した。何であいつらとバンド始めたのか。高二の夏、フェスで初めてカナと会った。俺の右側には、ヤマケンたちがいて、左側にいる知らないその子は、夢中でステージを見てて、ああ本当に音楽が好きなんだなって」

過去を愛《いと》おしむように、アキは続ける。

そのときは名前も知らない女の子だったとしても、アキの心を動かすには十分すぎたのだろう。

きっと、アキにとって、本当の音楽の始まりはカナだった。

「そのとき思った。聴いてる人をこんな顔にさせるバンド、やりたいって。今まで生きて、一番濃かった時間。あのステージのあっち側でそんな時間、味わえるなら俺、死んだって……違うな」

アキは首を横に振った。

「俺きっと、もう一回だけ、スッゲー、生きるために、戻ってきたんだわ。あいつらと。お前と。もう一回！」

颯太は言葉を詰まらせた。

「僕は！」

「もう一回だけでいい。お前の身体《からだ》、貸してくれ」

ひどく残酷《ざんこく》な願いだ。颯太と違って、アキはもう覚悟を決めている。

透明になったカセットテープがよみがえる。足下から崩れるように力が入らなくて、立っているだけで精一杯だった。

カセットテープの再生ボタンは、死んだアキには押すことができない。ここにいるアキを上書きできるとしたら、それは颯太だけなのだ。

颯太だけが、ここにいるアキを上書きできる。消すことができてしまう。

「僕は、あなたを上書きしたくないっ!!」

出逢《であ》ったときは、なんて理不尽な人だろうと思った。

颯太の生活を滅茶苦茶《めちゃくちゃ》にかき回して、好き勝手して、巻き込まれてばかりで、うんざりしたときもあった。

けれども、アキがいなければ、颯太は知らなかった。

誰かと音楽を作ることの喜びを、教えてくれたのはアキだった。アキがいたから、颯太は以前よりもずっと息が楽になった。

身体を貸すなんて偉そうなこと言って、本当に救われていたのは颯太の方だ。アキとの出逢いがあったから、いまの颯太があった。

だが、これ以上、カナたちに会って、メンバーと音楽を愉《たの》しむようになったら、それを与えてくれたアキの存在を消してしまう。

気持ちを自覚してしまえば、もう、どうしようもなかった。

カナに心惹《ひ》かれている。彼女に必要とされるアキが羨《うらや》ましい。そんな嫉妬心《しっとしん》も真実だったが、同じくらいアキのことも大切なのだ。

あの日、アキのカセットテープを拾ったこと、その運命に感謝している。

アキとだって、これからも一緒に音楽を作っていきたい。

「……明日、最終面接があるんです。約束通り、面接に行ってもらいます」

颯太は布団を被《かぶ》った。出逢ったとき部屋の真ん中に引いた、お手製のカーテンを閉めることもせず。

──翌朝、目が覚めたとき、もうアキはいなかった。

部屋を見渡すと、以前はすっきり片付いていた室内が、いつの間にか散らかっていた。音楽に関わるものや、アキが持ち込んだものでいっぱいになっている。

それを不快に思わなかった時点で、颯太はもうアキに心を許していたのだ。

やはり、アキを上書きしたくない。アキをなかったことにしたくない。

颯太は最終面接に向かうため、リクルートスーツに着替えた。

リビングには、父の修一《しゅういち》が用意してくれた朝食が並んでいた。黙々と口をつけていると、玄関のチャイムが鳴る。

一度ではなく、何度も繰り返しチャイムは鳴らされた。

「颯太！　俺！」

思わず、颯太は玄関まで出ていた。

「おはよ！」

ヤマケンが眩《まぶ》しいほどの笑顔で立っていた。

フェスに向かう前に立ち寄ってくれたのだろう。彼の背中には、つい先日まで何度も見てきたギターがある。

「……言いましたよね。僕は」

颯太が口ごもると、ヤマケンは泣きそうな声で続ける。

「アキはさ、小学校んときからリーダーで、ヒーローで、俺はただ、あいつの後ろ、ついていきゃよかった。……でも今は違う。俺ら、お前のおかげで、やっと前に進めたんだよ。颯太。お前と一緒に新しいバンド、作りたいんだ」

「迷惑なんです」

自分で言いながら、ひどく心が苦しかった。

一方的にトークアプリで別れを告げて、音信不通になった颯太に、こんなに真っ直ぐにぶつかってきてくれる。

そんな相手に対して、不誠実な態度をとって拒《こば》むことしかできない。けれども、拒まなければアキを上書きしてしまう。

「迷惑かけるよ！　だからお前も迷惑かけろよ！　好きなだけ！　俺、こんな自分だけどさ。ちゃんと、みんなのこと引っ張ってくから！」

颯太は堪《たま》らず、玄関扉を閉めた。

「待ってるからな！」

リビングに戻って、颯太はリクルート用の鞄《かばん》を摑《つか》んだ。

「どこ行くんだ？」

先ほどまでの遣《や》り取《と》りは、修一にも聞こえていたのだろう。颯太は何も話さなかったが、父はきっと、最近の颯太の変化に気づいていた。

気づいていながら、颯太のことを見守ってくれた。

「面接」

颯太には勿体《もったい》ないくらい、良くできた父親なのだ。だから、この選択は決して間違いではない。

「……いいのか？」

「行ってきます」

「おいっ」

珍しく、修一が声を荒らげる。けれども、颯太は返事をすることができない。

鏡を見なくても分かった。きっと、今の自分はひどい顔をしている。

「いや……俺も、母さんも、応援してる。頑張ってこいよ」

ここで母のことを持ち出すのは止めてほしかった。母に教えてもらったピアノで、メンバーやカナと演奏したことを思い出してしまう。

颯太は顔をあげて、面接会場へと向かった。

♪　♪　♪　♪　♪　♪

カーテンの隙間《すきま》から、まばゆい朝日が差し込む。

目を覚ましたカナは、すっきりとした部屋を見渡した。

本棚《ほんだな》には、もうアキの贈ってくれたカセットテープはない。すべて箱に詰めて、思い出ごと片づけてしまった。

ただ、颯太に貰《もら》ったカセットテープだけは仕舞うことができなかった。

このテープは、アキから貰ったものではないから。

トレーナーに着替えて、カナは朝のジョギングに向かう。新曲の入ったカセットテープをポータブルプレーヤーにセットして、イヤホンを嵌《は》めた。

走りながら、颯太が作ってくれた曲を流す。

今日、この曲で『ECHOLL』はフェスに参加する。アキが立つことのできなかった舞台に、アキがいないまま立つのだ。

街中を走っていると、アルプス公園行きのシャトルバスとすれ違う。バスの車内は、フェスに向かう人たちでいっぱいだ。

カナは唇を噛《か》みしめて、曲が終わる度《たび》に再生ボタンを押した。

♪　♪　♪　♪　♪　♪

志望企業についたとき、颯太は鞄に手を伸ばした。

カセットプレーヤーは、いまも颯太の手元にある。アキの姿は見当たらないが、再生ボタンを押せば、アキと交代することはできるだろう。

それでも、颯太はもうボタンを押すつもりはなかった。

面接会場の扉が開いて、颯太の番が来た。最終面接ということで、もう集団面接ではなく、席は颯太一人分しか用意されていない。

「では、志望動機をお願いいたします」

「私が学生時代培《つちか》ったのは、周囲のペースに惑わされずに一つのことをやりきる集中力です。その集中力を生かして、御社で是非《ぜひ》、やらせていただきたい仕事は……」

頭が真っ白になって、言葉が止まってしまう。

「僕が、やらせていただきたいことは……」

どうしても、その先を続けることができなかった。そんな心構えで就職活動をしてきた颯太には、このいまの時代、どこに入っても同じ。

企業でやりたいことなどなかった。

最終面接のために集まっていた役員たちが、颯太の資料を確認している。

「最終面接だと緊張するかな？　今まで通りでいいから」

「今まで通り……」

「君の話、よく上がってきててね。君がいると、面接の場がとても盛り上がるって」

「ほら、君のモットー、『自分にこじあけられない扉はない』だっけ？」

人事の担当者が、助け舟を出すように教えてくれた。

「それは……僕じゃありません」

俺にこじあけられない扉はない。

そう言ったアキは、本当にたくさんの扉をこじあけていった。

止まっていた『ECHOLL』の時間を動かすだけではなかった。殻《から》に籠《こも》って一人きりでいた颯太の心さえ、彼は強引にこじあけていった。

「……え？」

「僕じゃないんです」

「何言ってるの？」

「違うんです。それは僕ではなくて」

「じゃあ、誰だっていうの？」

「その人は……その人は、僕の前に、突然、現れて」

いつだって、アキは自由に振る舞った。けれども、決して自分勝手ではなかった。

もう一度、みんなと音楽をやりたい。

アキの願いは、彼だけでなく、遺《のこ》された人たちの願いでもあった。

『ECHOLL』のメンバーは、不幸な事故で引き裂かれても、アキと、彼と作りあげた音楽を捨てることができなかった。アキの死に傷つきながらも前に進もうとしたのは、決してアキの存在を忘れて、なかったことにするためではない。

むしろ、アキがいたことを忘れないために、もう一度、音楽を始めようとした。

颯太は拳《こぶし》を握る。もう、迷いはなかった。

アキの願いを、『ECHOLL』の願いを叶えることができるのは颯太だけだ。

「ずかずか踏み込んできて、いつもペース乱されて、本当めんどくさくって、迷惑なんですけど。でも……その人のせいで、会うはずのなかった人たちと会って」

慣れないギターの弦の固さが、ずっと向き合うことのできなかったピアノの鍵盤《けんばん》の重さが、走馬灯《そうまとう》のように颯太の身体《からだ》を駆け巡る。

誰かと音楽で会話できたとき、メンバーと演奏したとき感じた想いが溢《あふ》れる。

たった何秒かが、いつもの何十倍も濃く感じられた。ただ心臓が鼓動を刻むよりずっと、生きている、という実感があった。

「気づくと、違う自分がいて。まるで……本棚の隅にずっとしまわれていた本が、日差しを浴びたみたいに」

『栞屋』の縁側で虫干しをしたとき、カナは教えてくれた。虫干しは、本に息をさせてあげることだ、と。

アキと出逢《であ》う前の颯太は、本棚にしまわれた本と同じだった。日差しを浴びることもなく、ずっと息苦しさだけを感じていた。

「僕は……気持ちが良かった」

颯太は立ちあがって、面接官たちに頭をさげた。すぐさま踵《きびす》を返して、会場を飛び出していく。

自宅までギターを取りに行って、リクルートスーツを脱ぎ捨てる。今から向かえば、まだフェスの出番には間に合うはずだ。

駐輪場に停めていた自転車に飛び乗って、颯太は勢いよくペダルを踏みつけた。

8. あなたが夢見た未来

フェスの会場であるアルプス公園。いちばん高台に作られたステージには、風が強く吹いていた。

「カナちゃんは？」

吉井《よしい》は、舞台袖《そで》に立つ『ECHOLL《エコール》』に尋ねる。

森《もり》は首を横に振った。

「新曲、カセットテープに入れて渡したんですけど」

カセットテープ。吉井が若い頃ならともかく、今となってはほとんど見かけなくなった記録メディアだった。

「テープか。アキ、好きだったもんな」

ただ、アキはやけにテープにこだわっていた。販売するような音源はともかく、そうでないものは、いつもテープに吹き込んでいた。

カナに渡すのならば、一番良い形だったのだろう。

「似てんすよね。アキと颯太《そうた》。全然違うけど、すっげえ強い自分だけの世界持ってる。俺は……そういうの、ないから。せめて、支えられたらって。でも、また結局、何もできなかったです……ダッセ」

「……何もってことはないだろ」

「え？」

「知ってるか？　カセットテープって、上書きしても、前に録音した音が下の層に残ってるって」

　アキが死んで、止まってしまった『ECHOLL』の時間。それを動かしたのは、間違いなく窪田《くぼた》颯太だった。

　姿かたちは似ていないのに、彼にはアキのかけらがあった。ひとたび歌い始めたら、そこにいるのがアキのような錯覚《さっかく》があった。

　だから、初めは少し恐ろしかった。まるで、死んでしまったアキに成り代わるように、その場所に立っていた颯太が。

　しかし、そのうち吉井は気づく。

　どんなに似ていても、颯太はアキではなかった。そして、アキが作り、メンバー全員が大事に育ててきた『ECHOLL』を塗り替える人でもなかった。

　アキの愛した、カセットテープと同じだ。

「音が層になって重なってる。だから、残ってる。上書きされても、聴こえなくても。全部の時間が」

　颯太の存在は、アキを否定するものではない。むしろ、アキが生きた時間を、その先に繋《つな》げていくものだった。

巡り巡る時間のなかで、アキが、颯太が新しい音楽を生み出していく。

制服姿の幼いアキが夢中になってギターを弾き、歌いあげた時間が、パソコンの前で歌う颯太へと繋がる。

そして、二人の音楽は『ECHOLL』の手でひとつになる。

♪　♪　♪　♪　♪　♪

自転車を下りた颯太は、アルプス公園の山道を駆け抜けて、いちばん高台にあるステージまで向かう。タイムテーブルどおりなら、もうすぐ『ECHOLL』の出番になる。

息を切らしながら、あたりを見渡したときだった。

「颯太！」

「カナさん」

振り返れば、同じように走ってきたであろうカナがいた。額に汗を滲《にじ》ませて、彼女は颯太から目を逸《そ》らさなかった。

「……会いに来た」

それは、誰にだろうか。颯太のなかにいるアキだろうか。

「颯太に」

颯太は言葉を失くした。真っ直ぐなカナの声に、もう迷いはなかった。

「この曲。一緒にやりたい」

うつむいた颯太は、ゆっくりと顔を上げる。カナを見て、それから彼女の向こうに立っているアキを見据えた。

「ごめんなさい。僕がやりたくて来ました」

今度こそ、アキをぜんぶ上書きしてしまう。それを知りながらも、颯太はこの場所に立つことを選んだ。

「みんなと……あなたと」

ここまで颯太を導いてくれたアキと一緒に、音楽をやりたかった。

今までの人生で一番濃い時間がほしかった。みんなで作る音楽で、生きている、という実感を共有したい。

アキが、ふっと柔らかに笑った。

「あー！」

舞台袖から、ヤマケンがこちらを指差した。後ろに控えていた重田《しげた》が、いつもは仏頂《ぶっちょう》面《づら》のくせに、初めて嬉しそうに笑う。

「遅れてごめん」

「遅れてねえよ。これからだろ！」

カナの謝罪を、森は否定した。彼の言うとおりで、何もかも、まだ手遅れではない。今日このときから、また始まるのだ。

アキの夢が、アキが願った音楽が。

「……あの。みんなに、大事な話があります」

颯太は、ポケットからカセットプレーヤーを取り出した。

「実はこれ、本当にアキさんのものなんです」

驚いたように、全員が声を出した。

「代わって」

アキに促されるまま、颯太は再生ボタンを押した。

たとえ、これが彼を上書きするとしても。

失われたはずの五感が戻ってくる。何度も借りてきた颯太の身体《からだ》は、アキにとっても馴《な》染《じ》み深いものとなっていた。

　この身体でギターを鳴らすと、生きていた頃と同じくらい気持ちが良かった。

「なんの音もしねえけど」

　カセットプレーヤーに片耳をあて、重田が唸《うな》った。

「なんで颯太がアキのプレーヤー持ってんだよ」

「実は……偶然拾って、手放せなくなっちゃいまして」

　きっと、これが最後になる。けれども、本当のことは言わない。いまここで颯太と一緒にステージに立つことで、アキの願いは叶うのだ。

「だって僕。このバンドの一番のファンだから。このバンドがすごく、好きだから」

『ECHOLL』の始まりはアキの我儘《わがまま》だった。みんなで音楽がやりたくて、みんなを巻き込んで始まった。

　けれども、『ECHOLL』はアキだけのものではなかった。

　森が、重田が、ヤマケンが、カナがいたから、アキはこのバンドを愛した。死んでしまった後に、こんな風に舞い戻ってしまうくらいに好きで堪《たま》らなかった。

「だから……、これからも、新しい曲、重ねていきたいんです」

　終わらせたくなかった。これから新しく重ねていく時間ごと、アキと歩んだ過去を連れていってほしい。

「上書きしましょう。『アキさん』を」

メンバーは何も言わなかった。だから、アキは颯太の手で、思いっきりヤマケン、森、重田の背中を叩く。

「……っし！」

「行くぞ！」

「っしゃあ！」

それを合図に、彼らはステージへと向かう。

「行こう。カナ『さん』」

どうして、アキは此《こ》の世《よ》に戻ってきたのか。

それは、もう一度生きるためだった。もう一度だけ、『ECHOLL』のメンバーと、カナと、そして颯太と生きるために戻ってきた。

アキは前髪をかきあげて、ステージに向かう。舞台袖《そで》から出るとき、颯太と視線が交わった。

言葉は要らなかった。颯太ならきっと、アキのぜんぶを連れて、夢見た場所まで連れていってくれる。

颯太に見送られて、アキはステージへと立った。

聴衆にまぎれて、颯太はステージに立つ『ECHOLL』を見上げた。

メンバーの名前を呼ぶ声がする。どこを見ても楽しそうな顔をした人たちばかりで、そのことが誇らしかった。

重田がドラムスティックを鳴らして、カウントをとる。始まった曲に、颯太の胸はいっぱいになった。

皆が奏でるのは、颯太とアキ、二人で作った曲だ。何度も繰り返し、妥協《だきょう》することなく作りあげた音が形になっていく。

「離さない

君をそこから未来へ連れ出すよ

その目に映す世界を僕らが変えるんだ」

その歌声は、不思議とアキそのものに聴こえた。

ステージに立っているのは颯太の身体だ。

それなのに、颯太には、アキにしか見えなかった。死んでしまった彼が、もう一度生きるために、このステージで皆と、そして颯太と一緒に音楽を奏でている。

「君が迷い、彷徨《さまよ》った時も

立ち止まってしまった瞬間も

僕がその手を引いて導くよ　ずっと　ずっと

ひとりきりじゃ叶えられないって

君が僕に教えてくれたんだ

あの日思い描いてた未来へ行こう　行こう」

ヤマケンも、森も重田も、みんな生き生きとしている。ギターを鳴らし、歌うアキは、嬉しそうにメンバーを見ていた。

いま颯太はステージには立っていない。けれども、寂しさはなかった。この景色は、アキだけでなく颯太が願ったものだから。

(僕が、あなたを連れていく)

アキが重ねていった時間を、アキの宝物だったバンドごと、ぜんぶ未来へと連れていきたかった。

たとえ上書きしても、なかったことになんてさせない。

誰も知らなくても、颯太だけは知っている。もう一度、アキがこの場所で生きていたことを。命を燃やすように歌いあげたことを。
「この声を　この言葉を　この歌を　ずっと」
ふと、アキの身体に青白い光が纏《まと》わりつく。瞬いた淡い光が、少しずつアキの姿を崩して、薄れさせていった。
まるで最後の別れを告げるように。
アキの視線が、真っ直ぐに颯太を射貫《いぬ》く。
次の瞬間、颯太は客席ではなく、ステージに立っていた。もうどこにも、アキの姿はなかった。
颯太は目を閉じて、それからゆっくりと開く。大丈夫、と震えそうになる身体に言い聞かせた。
どんなに胸が痛くても、アキがいなくても、颯太は歌い続けてみせる。
「包《くる》まって、遮《さえぎ》っていた
そんな日常に光が射した
僕は輝いていたい
真昼の星座のように
永遠を歌うから

響け」

アキの歌ではなく、颯太のまま声を張りあげる。

颯太の歌声を後押しするよう、カナがピアノの音色を重ねていく。そこに、メンバーそれぞれの音が合わさって、ひとつの音楽になっていく。

ステージの上からは、会場の隅々まで見渡すことができた。フェスを訪れた人々の楽しそうな顔が目に飛び込んでくる。

颯太とアキで作り、皆で奏でた音楽が会場を満たしていく。

歌い終えたとき、割れんばかりの歓声が響きわたる。

「さよなら」

柔らかなアキの声が、風とともに颯太のなかへ溶けていった。

※この作品はフィクションです。実在の人物・団体・事件などにはいっさい関係ありません。

集英社オレンジ文庫をお買い上げいただき、ありがとうございます。
ご意見・ご感想をお待ちしております。

● あて先
〒101-8050　東京都千代田区一ツ橋2-5-10
集英社オレンジ文庫編集部 気付
東堂　燦先生

サヨナラまでの30分

side:颯太

集英社
オレンジ文庫

2019年12月24日　第1刷発行

著　者　東堂　燦
原　作　30-minute cassettes and Satomi Oshima
発行者　北畠輝幸
発行所　株式会社集英社
〒101-8050東京都千代田区一ツ橋2-5-10
電話【編集部】03-3230-6352
【読者係】03-3230-6080
【販売部】03-3230-6393（書店専用）
印刷所　凸版印刷株式会社

※定価はカバーに表示してあります

ISBN 978-4-08-680296-3 C0193